青鸟童书
只做对得起时间的书

The Little Prince and His Traveling Companions
小王子和他的旅伴们

〔俄〕列夫·托尔斯泰 著

林官琼 译　张小粒粒 绘

版权专有　侵权必究

图书在版编目（CIP）数据

小王子和他的旅伴们 /（俄罗斯）列夫·托尔斯泰著；林官琼译 . -- 北京：北京理工大学出版社，2022.4（2025.4 重印）
　ISBN 978-7-5763-1017-7

　Ⅰ.①小… Ⅱ.①列…②林… Ⅲ.①童话—作品集—俄罗斯—近代 Ⅳ.① I512.88

中国版本图书馆 CIP 数据核字（2022）第 028402 号

责任编辑：李慧智	文案编辑：李慧智
责任校对：刘亚男	责任印制：施胜娟

出版发行	/ 北京理工大学出版社有限责任公司
社　　址	/ 北京市丰台区四合庄路 6 号
邮　　编	/ 100070
电　　话	/（010）68944451（大众售后服务热线）
	（010）68912824（大众售后服务热线）
网　　址	/ http://www.bitpress.com.cn
版 印 次	/ 2025 年 4 月第 1 版第 2 次印刷
印　　刷	/ 武汉林瑞升包装科技有限公司
开　　本	/ 880 mm×1230 mm　1/16
印　　张	/ 13
字　　数	/ 130 千字
定　　价	/ 59.90 元

图书出现印装质量问题，请拨打售后服务热线，负责调换

目　录
contents

傻子伊万	001
小·王子和他的旅伴们	051
国王的三个难题	057
人靠什么活着	065
高加索的俘虏	106
雇工叶梅利扬和空鼓	151
鸡蛋大的麦粒	167
伊利亚斯	173
廉明的法官	181
上帝看到了真相，但没有轻易说出来	187

傻子伊万

一

从前,在一个遥远的国度,住着一个富裕的农民,他有三个儿子:武士谢苗、大肚子塔拉斯和傻子伊万,还有一个未出嫁的哑巴女儿名叫玛拉妮娅。武士谢苗外出征战,为国王效力;大肚子塔拉斯进城做买卖,在一个商人那儿打工;傻子伊万和哑巴玛拉妮娅则在家里干农活。

武士谢苗战功赫(hè)赫,当了大官后领了封地,还娶了贵族的女儿为妻。他的俸禄丰厚,领地广阔,但日子依旧过得紧紧巴巴,因为他的贵族太太花起钱来大手大脚,几乎把家中的钱财挥霍一空。

武士谢苗到领地上去收租金和赋税,管事的告诉他:"我们哪有钱啊?

我们没有牲畜,没有农具,没有马,没有奶牛,没有犁,没有耙,需要备齐这些东西之后我们才会有收成。"

于是,武士谢苗去找父亲,他说:"父亲,你这么有钱,却什么都没有给我,把家产分三分之一给我吧,我要用来补贴封地。"

老人说:"你从未往家里拿过什么,我为什么要把三分之一的家产给你呢?伊万和玛拉妮娅会有意见的。"

谢苗说:"伊万是个傻子,妹妹是个哑巴,就算把家产给他们又有什么用呢?"

老人说:"问问伊万同不同意吧。"

伊万说:"好的,就让他拿去吧。"

武士谢苗拿走了三分之一的家产用在自己的领地上,接着去给国王卖命。

大肚子塔拉斯发了大财,娶了富商之女为妻,但他太过贪心,也跑来找父亲,说:"把我的那份家产给我吧。"

老人也不愿意把家产分给塔拉斯,他说:"你什么也没给过我们,家里的一切都是伊万挣来的,不能让他和玛拉妮娅受委屈呀。"

"留给伊万有什么用,他是傻子,没法娶老婆,也没有女人愿意嫁给他,哑巴妹妹也没什么需要的,"塔拉斯说,"伊万,把粮食分给我一半,农具我不要了,牲口我只要那匹灰毛种马,你用它来耕地也不合适。"

"好吧，"伊万笑了笑说，"我去给你备马。"

塔拉斯拿到了自己的那份家产，带着粮食和灰色的种马进了城。伊万虽然只剩下了一匹老母马，但他还和以前一样下地干活，赡（shàn）养父母。

二

三兄弟没有因分家而起争执，反而愉快地分别，这使得老魔鬼很恼火。他叫来了三个小鬼。

"看见没？"老魔鬼说，"这三兄弟本应该吵架的，可他们却和平相处，友好相待。傻子伊万把我的计划全搞砸了。你们仨去，一个收拾一个，在他们中间捣乱，让他们彼此仇恨对方，最好能让他们把对方的眼珠子都挖出来。你们能做到吗？"

"能。"小鬼们答道。

"你们打算怎么做？"

小鬼们说："可以先让他们破产，让他们穷得吃不上饭，然后把他们凑在一块儿，他们准会厮（sī）打起来。"

"行，"老魔鬼说，"我看你们都挺聪明的。去吧，事没办成的话就别回来找我，不然我就剥了你们三个的皮。"

小鬼们来到沼泽地，讨论着该如何完成任务。他们争吵着，都想从三

兄弟中挑个难度小点儿的去对付。最后他们决定抓阄（jiū），抓到谁就对付谁，并且彼此约定：先完成任务的小鬼要去帮助另外两个小鬼。他们抓完阄后，约好了再次在沼泽地见面的日子，以便知道谁已经完成任务，又需要去给谁搭把手。

到了见面的日子，小鬼们到沼泽地里赴约，他们说了说各自的进度。从武士谢苗那儿回来的小鬼说："我的任务进展得很顺利，明天谢苗就要回家找他的父亲去了。"

另外两个小鬼追问道："你是怎么办到的？"

这个小鬼答道："我先让谢苗向国王夸下海口，承诺他能征服全天下。于是国王命他挂帅出征，去征服印第安人。两军交战的当晚，我弄湿了谢苗军中所有的火药，然后又跑去印第安人那儿变出了很多稻草兵。谢苗的士兵看到四周有无数稻草兵逼上来便惊慌失措。武士谢苗命令开火，可没有一支火枪能打响，他和他的军队吓得落荒而逃。被印第安人击败后，谢苗声名狼藉，被没收了封地，明天就要行刑了。我现在只剩下一件事要做，那就是帮他越狱，让他逃回家。我的工作明天就能顺利完成了，你们俩谁需要我来搭把手？"

从塔拉斯那儿回来的小鬼也说起自己的任务："我用不着你俩帮忙。我的事情也很顺利，塔拉斯活不过一个星期了。我先让他的贪念变得和肚子一样大，让他看见别人的宝贝就眼红得想买下来。他把所有钱都花在了买东西上,直到现在还在买,但钱全都是借来的。他已经负债累累,无法翻身了。再过一个星期他就该还债了,到时我就把他所有买来的东西都变成大粪。他一旦无法偿还债务就会回去找他父亲。"

之后,这俩小鬼开始询问在伊万那儿捣乱的小鬼:"你的任务还算顺利吗?"

"别提了!"那个小鬼说,"我的工作非常难办,傻子伊万让我的努力全都白费了。我首先往伊万的格瓦斯^①里吐了几口痰,让他喝了之后闹肚子,然后我到他的耕地上去,把泥土变得像石头那样硬,以为这样他就犁不了地了,可他竟然骑上木犁犁了起来。他的肚子疼得直呻吟,可还是一直在犁地。我弄坏了他的木犁,他却回家做了个新的继续犁地。我去地里拽他的犁片,让他犁不动,可他使劲猛地一拽,那锋利的犁片竟然划伤了我的双手。现在,他还剩一小块地就要全部犁完了。兄弟们快来帮帮我,如果我们收拾不了他,会功亏一篑(kuì)的。假如傻子伊万一直干农活,他们就不会为了衣食发愁,他会接济他的两个哥哥的。"

在武士谢苗那儿捣乱的小鬼答应明天去搭把手。之后,他们三个就分开了。

---
① 格瓦斯:一种酒精饮料。

三

伊万只差一小块地就能耕完整块地了。他今天准备把这块地全部耕完,虽然还在闹肚子,但他依然在坚持劳作。他挥动着鞭子赶着牲口下地干活,扶好犁把向前耕地。在他掉转犁把往回耕时,一个像树根一样的东西绊住了犁,这是先前向同伴们诉苦的那只小鬼使出的花招,他将自己的双脚缠在了犁的叉梁上想让伊万无法犁地。

"奇怪了!"伊万想,"这里不应该有树根的,它是打哪儿来的?"

伊万把手探进犁沟里,摸到一个软绵绵的东西。他将它一把抓住,揪起来一看,是个像树根一样的玩意儿,上面还有东西在蠕(rú)动。他定睛一看,原来是个活生生的小鬼。

"瞧你干的坏事!"他说。

伊万想把小鬼摔在犁头上。这时小鬼吱吱地叫着:"别摔我,你让我干什么,我就干什么。"

"你能为我干什么呢?"

"你尽管吩咐就行。"

伊万挠了挠后脑勺,说道:"你能治好我的肚子疼吗?"

"能。"小鬼答道。

"行,那你治吧。"伊万说。

小鬼弯下腰，在犁沟里用爪子摸索了一会儿，拔出了一根三叶草，拿给伊万，说："给你，它的一片叶子能包治百病。"

伊万接过来，扯下一片叶子吃了下去，肚子马上就不疼了。

小鬼再次求饶："现在你能放了我吧？我保证钻进地里再也不来捣乱了。"

"好吧，"伊万说，"上帝保佑你！"

伊万刚提到上帝，小鬼就溜进了地里，像石头滑进水中一般，在地上只留下了一个窟窿（kūlong）。伊万把剩下的两片叶子塞进了帽子里，继续耕地去了。他把这一小块地耕完后，把犁翻过来便回家了。

他卸马进屋后看见大哥武士谢苗和大嫂正在吃晚饭。大哥被没收了封地后千辛万苦地逃出监狱，只能跑回父亲家住。

武士谢苗见到伊万，说："我是来跟你一块儿住的，在我找到新住处之前，你就先接济一下我和你大嫂吧。"

"行，"伊万说，"你们就住下吧。"

伊万想坐到板凳上，贵族太太嫌弃他浑身发出的难闻气味，对丈夫说："我没法和一个臭庄稼汉一起吃晚饭。"

于是，武士谢苗对伊万说："我太太说你身上很难闻，你还是到走廊里去吃饭吧。"

"好吧，"伊万说，"正巧我也要牵母马去吃夜草了。"

说完,伊万拿起面包和长袍,出去放马了。

四

当晚,在武士谢苗身边捣乱的小鬼来给在伊万身边捣乱的小鬼帮忙。他来到耕地上找啊找,找啊找,却怎么也找不着自己的同伴,只发现一个窟窿,心想:"唉,看来同伴的任务是失败了,我得接替他才行。地已经被犁过了,得等傻子来割草时再来捣乱。"

小鬼淹了伊万的草场，让它变得泥泞不堪。清早，喂母马吃完草后，伊万回家磨好镰刀去草场割草。在草场上，伊万挥了一两下，镰刀就钝了，割不动了，得再去磨，可伊万仍然坚持着。

"不行，"他自言自语道，"得回家把锉刀带来，再带一个大圆面包。就算要割上一星期，我也要把草全部割完再回去。"

小鬼听了心想："这个傻子可真固执，这招没法对付他，我得想点儿别的办法。"

伊万回了趟家后又来到草场上，他磨好了镰刀又开始割草。小鬼钻进草里去拽镰刀，让镰刀扎进土里。伊万割得很费劲儿，但终于还是割完了这块草场，只剩沼泽地里的一小块草地没割了。小鬼钻进沼泽地里，心想："即使我被割破手，也不能让你顺利地割草。"

伊万到了沼泽地，这里的草看起来并不茂盛，但就是割不动。伊万生气了，他开始全力挥动镰刀。小鬼有些招架不住，眼看事态不妙，躲进了灌木丛里。伊万一刀挥下，灌木丛没了一截，小鬼的尾巴也被砍掉了一半。伊万把草割完后，喊来妹妹把草堆成一堆后，自己又去割黑麦了。

伊万拿了把弯钩镰刀到黑麦地里，断尾巴的小鬼已在那儿等候多时了。小鬼将黑麦弄得一团糟，伊万使用弯钩镰刀割麦子，却怎么也插不进去。于是，伊万回家换了把月牙镰刀，割完了所有的黑麦。

"接下来该去割燕麦了。"伊万说。

断尾小鬼听了，心想："在黑麦地里没捣成乱，那我就转战燕麦地吧，明天一早我就去。"

然而，当小鬼第二天一早跑到燕麦地时，发现燕麦早就被割完了。原来伊万割了一整晚的燕麦，因为伊万认为晚上割燕麦的话，燕麦粒会少掉点儿。

小鬼很气愤，说："这傻子不仅割伤了我，还害我像个傻瓜一样白跑一趟，就算在战场上我都没有这么倒霉过！这个可恶的家伙竟然不眠不休地干活，让我无法治服他！我这就钻进草堆里去，让麦捆全都发霉烂掉！"

小鬼钻进黑麦捆里，黑麦开始渐渐地腐烂。他把麦捆烤得热腾腾的，自己也觉得暖洋洋的，然后竟舒服得打起了盹。

伊万牵来母马，和妹妹一块儿运麦捆。他来到草堆旁，开始用草叉朝大车上扔麦捆。刚扔了两捆，草叉就扎进了小鬼的屁股。伊万举起草叉一看，上面吊着一个活生生的断尾小鬼，他在上面使劲挣扎，扭来扭去，想跳下来。

"瞧你干的坏事！"伊万说，"你怎么又来了？"

"我是另一个，"小鬼说，"之前那个是我兄弟，我是从你哥哥谢苗那儿来的。"

"不管你是哪一个，"伊万说，"反正下场都是一样！"

他想把小鬼摔在大车边上，小鬼苦苦哀求道："放了我吧，我再也不敢了。你让我干什么，我就干什么。"

"你会做什么?"

"你随便指一样东西,我都能把它变成士兵。"

"我要士兵有什么用?"

"你要他们干什么都行,他们什么都会。"

"会演奏乐曲吗?"

"会。"

"行,那你变吧。"

于是,小鬼说道:"你拿一捆黑麦,把它立在地上,你只要说:'我的仆人,我命令你把这捆黑麦变成士兵,有多少根黑麦,就变多少个士兵。'"

伊万拿了一捆黑麦,把它立在地上,重复了小鬼的话。麦捆很快就散开来,变成了许多士兵,走在队伍最前面的是正在演奏的鼓手和号手。伊万笑着说:"你真行,小机灵鬼!用这招来讨姑娘们的欢心倒也不错。"

小鬼说:"这下你可以放了我吧?"

"不行,"伊万说,"我要用脱过粒的麦秆来变士兵,不然就白白糟蹋粮食了。你还得教我怎么把士兵们变回麦捆,我得先把它们脱粒。"

小鬼说道:"你就说:'我的仆人,我命令你们变回麦捆,有多少个士兵就变多少根黑麦!'"

伊万照着咒语说了,士兵又变回了麦捆。

小鬼再次央求伊万道:"现在你可以放了我吧?"

"好吧!"伊万用手扶着草叉,把它拽了下来,挂在了大车沿上。

"上帝保佑你。"伊万刚提到上帝,小鬼就钻进了地里,像石子滑进水中一般,地上仅留下一个窟窿。

伊万回到家,看见二哥塔拉斯和二嫂正坐在屋里吃着晚饭。大肚子塔拉斯因为没办法还债,便跑回父亲这儿躲了起来。他见到伊万,说:"在我成为有钱人之前,你就先接济一下我和你二嫂吧。"

"行,"伊万说,"住下吧。"

伊万脱下长袍,坐在桌子旁。

塔拉斯的老婆说:"我没法和一个傻子共进晚餐,他浑身都是一股汗臭味。"

于是,大肚子塔拉斯说:"伊万,你身上有股难闻的味道,你还是去走廊上吃饭吧。"

"好吧,"伊万拿起面包去了院子里,说,"正巧我也要牵母马去吃夜草了。"

五

这天晚上,在塔拉斯那儿捣乱的小鬼完成任务后,按照约定来帮助同伴。他来到耕地上找啊找,找啊找,却怎么也找不着自己的同伴,只看见一个窟窿。他又来到草场上,在沼泽地里找着了同伴的半截尾巴,又在收割过的黑麦地里发现了另一个窟窿。他心想:"唉,看来两个同伴的任务都失败了,我得接替他们和傻子一决高下!"

小鬼去找伊万,伊万已经不在麦地里了,他去小树林里砍树了。因为哥哥们嫌住在一起太挤了,让弟弟伊万为他们砍树盖新房。

小鬼来到树林里,爬上树枝,开始妨碍伊万砍树。伊万像往常一样,想把树砍倒在空地上,但砍下来的树枝却往相反的方向倒,卡在了树杈上。无奈,他只好再去砍另一根树枝,这一次,他非常吃力地将它砍倒,之后又去砍第二棵树,但他同样花费了很大的力气,接着他又去砍第三棵树,结果依然如此。伊万原本打算砍五十根原木，但还没砍到十根天就黑了。伊万满身大汗，感到非常疲惫。这时，林子里开始弥散起了雾气，但伊万并没有作罢，他又将一棵树砍了一道口子。终于，他背痛难忍，将斧子嵌在树干上坐下来歇息。

小鬼见伊万停下来了，扬扬得意地说："他没力气干不了活了，那我也休息会儿吧。"

就在小鬼坐在树枝上沾沾自喜时，伊万突然站了起来，拔出斧子，朝着相反的方向用力砍去，这棵树随即被劈断，轰然倒下。伊万砍了小鬼一个措手不及，他还没来得及把腿抽出，折断的树枝便压住了他的爪子。伊万走过来削树枝时，发现了这个小鬼，十分吃惊。

"瞧你干的坏事！"伊万说，"你干吗又来了？"

"我是另一个，"小鬼说，"我是从你哥哥塔拉斯那儿来的。"

"我不管你是哪一个，反正下场都是一样！"伊万挥起斧子，想用斧背砸小鬼。

小鬼苦苦央求道："别砸我，你让我干什么，我就干什么。"

"你能做什么啊？"

"你想要多少钱，我就能给你变多少钱。"

"行，你变吧。"

于是，小鬼告诉伊万："你从这棵橡树上摘下几片叶子，用手搓一搓，金币就会掉在地上。"

伊万摘下几片叶子搓了搓，金币果真就落在了地上。

伊万说："过节的时候拿这招哄孩子们玩倒挺不赖。"

"放了我吧。"小鬼说。

"好吧！"伊万用一根树枝把小鬼挑了出来，"上帝保佑你！"伊万刚提到上帝，小鬼就钻进了地里，像石子滑进水中一般，只留下了一个窟窿。

六

哥哥们的新房都建好了，他们彼此分开生活着。伊万收完了庄稼，

酿（niàng）好了啤酒，请哥哥们来串门，但哥哥们都不想去伊万家。

"一个农民的自娱自乐有什么好看的。"他们说。

伊万宴请了村里的农夫和农妇，他自己喝醉了，来到屋外面跳圆圈舞。伊万走到跳舞的人群面前，让农妇们给自己唱喜歌，说："我让你们见识一下你们这辈子都没见过的东西。"

农妇们笑了笑，给他唱了喜歌，然后她们说："好了，你把东西拿来给我们看看吧。"

"我这就去拿。"话音刚落,伊万拎起播种筐跑进林子里。

农妇们嘲笑道:"真是个傻子!"说完就把他忘了。

不一会儿,伊万带着满满一筐东西跑了回来,问大家:"要分给你们吗?"

"那你就分吧。"

伊万抄起一把金币扔向农妇们,农妇们一脸震惊,哄抢起金币来,农夫们也跑了过来加入争抢。他们抢来抢去,谁也不让,差点儿踩死一个老太太。

"你们这群傻子,怎么能踩一个老太太呀?别急啊,我再拿些给你们。"伊万一边笑,一边扔金币。最后,他把整筐金币都扔完了,可大家伙儿还想要,伊万说,"就只有这些了,下次吧。现在咱们唱歌跳舞吧。"

农妇们唱起了歌。

"你们唱的歌不好听。"伊万说。

"那什么歌好听呢?"农妇们问。

"我这就让你们开开眼界。"伊万说。

他跑到打谷场,拿了捆麦子,脱去麦粒,把它立在地上,说:"我的仆人,快把麦捆变成士兵,一根麦子变一个士兵。"

麦捆散开变成了许多士兵,伊万让他们打鼓吹号,演奏乐曲,和他一起走到了屋外面。大家伙儿都目瞪口呆。士兵们演奏了片刻,伊万便把他们领

回打谷场，但他不让任何人跟着他去。他把士兵们变回麦捆后扔到草堆上，然后回到家中，窝在一个小角落里睡着了。

七

第二天一早，武士谢苗得知了昨晚的事儿，来找伊万，说："你说，你哪儿来的那么多士兵，又把他们带去哪儿了？"

"我为什么要告诉你？"伊万问道。

"你说为什么？有了士兵便无所不能，可以征服一个国家啊！"

伊万很吃惊："你为什么不早说？你想要多少我就给你多少，刚好我和妹妹囤（tún）了不少麦秆。"

伊万把哥哥领到打谷场，说："看着，我这就把他们都变出来。但你要保证把他们都带走，不然他们一天就能把全村的粮食都吃光。"

武士谢苗答应了，于是伊万开始帮他变士兵。他把麦捆立在打谷场上，马上就变出一个连；再取一捆，一立，又变出一个连。到最后变出的士兵站满了整个打谷场。

"怎么样？够了吗？"伊万问。

谢苗高兴地答道："够了，伊万，谢谢你。"

"行，"伊万说，"你要是还想要的话，就来找我，我再给你变，今年

的麦秸多到用不完。"

武士谢苗下令集结军队,带领他们打仗去了。

武士谢苗前脚刚走,大肚子塔拉斯后脚就来了。昨晚的事儿他也听说了,他请求弟弟:"你说,你哪儿来的那么多金币?我要是有这么一大笔钱,我就能赚到这世上所有的钱。"

伊万很吃惊:"你为什么不早说?你想要多少钱,我就能给你变出多少钱。"

二哥十分高兴地说:"哪怕给我三筐也好。"

"行,"伊万说,"咱们去林子里吧,你再拉辆车来,钱太多的话你抱不动。"

他们拉着一辆车进了树林，伊万摘了些橡树叶搓出了一堆金币。

"够了吗？"伊万问。

塔拉斯高兴地答道："够了，非常感谢你，伊万。"

"行，"伊万说，"你要是还想要的话，就来找我，我再给你搓，叶子多得搓不完。"

塔拉斯带着这满满一车的金币进城做买卖去了。

哥哥们都走了，谢苗去打仗，塔拉斯做买卖。武士谢苗靠着变出来的军队征服了一个国家，大肚子塔拉斯也靠着变出来的金币赚了很多钱，成了富豪。

两兄弟见面时向对方坦白，谢苗说了他是如何得到的士兵，塔拉斯说了他是怎么获得的第一笔钱。

武士谢苗说："我征服了一个国家，生活得不错，可就是钱不太够，我得养活我的士兵。"

大肚子塔拉斯说："我赚来的钱多得都快堆成山了，可就是发愁没人保护我的财产。"

武士谢苗说："咱们去伊万那儿，我让他再变些士兵去保护你的钱，你让他再变些钱来给我养士兵。"

于是，他们到了伊万那儿。谢苗说："伊万，我的士兵不够用了，你再

变些给我吧,哪怕变两麦捆的士兵也行。"

伊万摇起头,说:"不,我不会再给你变士兵了。"

"为什么?"谢苗问,"你之前不是跟我说可以的吗?"

"我是说过,"伊万说,"但我现在不变了。"

"弟弟,你为什么又不变了呢?"

"因为你的士兵杀了人。我前几天在路边耕地,看见一个农妇哭哭啼啼地护送着一口棺材走过去。我问她是谁死了,她说:'谢苗的士兵打仗时杀了我丈夫。'我本以为我变给你的那些士兵是去演奏音乐的,可他们却打死了人。我再也不给你变了。"

伊万不肯让步,坚决不变士兵了。

大肚子塔拉斯也来恳求伊万再给自己变些金币。伊万同样摇着头说:"不,我不会再给你变金币了。"

"为什么?"塔拉斯问,"你之前不是跟我说可以的吗?"

"我是说过,"伊万说,"但我现在不变了。"

"弟弟,你为什么又不同意了呢?"

"因为你的金币夺走了米哈伊洛夫娜的奶牛。"

"我的金币怎么会夺走人家的奶牛呢?"

"事情是这样的:米哈伊洛夫娜原本有一头奶牛,孩子们靠它喝奶。前些天她家的孩子来我这儿讨奶喝。我问他们家的那头奶牛去哪儿了,他们说：'大肚子塔拉斯的管事给了妈妈三个金币，便牵走了妈妈的奶牛，现在我们没奶喝了。'我还以为你拿金币是去玩的，可你却用它夺走了孩子们的奶牛。我再也不会给你变金币了！"

伊万坚决不肯让步，无奈之下，哥哥们只好离开了。

两个哥哥走后开始讨论怎么解决各自的困难。谢苗说："咱们这样，你拿出一部分钱来给我养士兵，我拿出半个国家和一些士兵来保护你的钱财。"

塔拉斯同意了。两兄弟各取所需，他们都当上了富裕的国王。

八

伊万依然在家赡养父母，和哑巴妹妹一起干着农活。

有一天，给伊万看家的一条老狗病了，它浑身长满了脓疮（chuāng），奄奄一息。伊万很可怜它，就从妹妹那儿拿了点儿面包，放在帽子里给老狗吃。帽子破了个洞，三叶草的一片叶子和面包混在一起掉了出来。老狗把它们一块儿吃了下去，它刚一咽下叶子病就好了，一边活蹦乱跳，一边摇着尾巴汪汪叫，像是在感谢伊万。

父母见了后非常吃惊。

"你是怎么把狗治好的？"他们问。

伊万答道:"我有两片包治百病的叶子,这条狗刚吃了一片。"

恰好此时公主生病了,国王告示全国:能医好公主的人可以得到重赏,假如此人是未婚男子,国王便会将公主嫁给他。这个消息传到了伊万的村里。

父母叫来伊万,对他说:"你听说国王贴的告示了吗?你说过你还剩一片叶子,快拿它去治好公主,这样你就会幸福一辈子。"

"好的。"伊万说。

伊万准备动身。家人为他收拾好了行李,然而,他刚一来到屋外的台阶上,

便看到了一个手部残疾的乞讨女人。

"听说你会治病。"她说,"请治好我的手吧,不然我连鞋子都没法自己穿。"

伊万说:"好。"

说完,他拿出叶子,递给了那个女人,让她咽下。她咽下叶子后,手立刻好了,她高兴地马上试着挥了挥手。

父母出来送伊万启程,得知伊万把最后一片叶子给了别人,无法再给公主治病时,责备他道:"你宁愿可怜一个要饭的,也不可怜一下公主!"

伊万觉得公主同样很可怜,于是,他套好马车,将稻草铺在车上,坐上车后准备出发。

"你要去哪里,傻子?"父母问道。

"去给公主治病。"

"你不是没法给她治病了吗?"

"不碍事。"伊万一边说,一边赶着车走了。他到了宫殿门口,谁知,他刚一踏上台阶,公主的病就痊愈了。

国王十分高兴,把伊万叫来,给他换上了华贵的衣服。

"你当我的女婿(xù)吧。"国王说。

"好啊!"伊万答道。

于是,伊万和公主成了婚。没多久,国王过世了,伊万当上了国王。至此，三兄弟都当上了国家的统领。

九

三兄弟过着各自的生活，统治着自己的国家。

武士谢苗的日子过得不错，除了麦秆变成的士兵以外，他还招募了不少真的士兵。他命令全国上下每十户人家要有一人服兵役，并且当兵的要身材魁梧（kuíwu）、皮肤白皙、五官端正。他征募了许多这样的士兵，并对他们进行训练，只要有人敢反抗他，他就派这些训练有素的士兵们去惩罚这些人，因此人们都惧怕他。

谢苗的日子过得十分快活。他想要的或者他看了一眼的东西，全都会落入他的手中。他会派士兵去掠夺他想要的一切。

大肚子塔拉斯的日子也不赖。他从伊万那儿得来的钱只增不减。他在自己的国家制定了一系列绝妙的制度：他一边往大箱子里存着自己的钱，一边向自己国家的民众征缴各种赋税，比如人头税、伏特加税、啤酒税、婚丧税、通行税、车马税、草鞋税、包脚布税、鞋带税。只要是他想得到的，统统都会得到。人们为了多挣点儿钱，给他送礼、为他干活，因为每个人都需要钱缴税。

傻子伊万的日子也不错。将岳父安葬后，他脱下了国王的华贵衣服，让妻子收进大箱子里,自己又穿上了粗布衫裤和草鞋,下地干活去了。

"我无聊得很,"他说,"我的肚子一天比一天大,既吃不好也睡不安稳。"

他把双亲和妹妹接来,自己又去干农活了。

大家对他说:"你可是国王呀!"

"没关系,"伊万说,"国王也是要吃饭的。"

一位大臣来见他说:"我们已经没有钱来支付官员们的工资了。"

"没关系,"伊万说,"要是没有,就别付了。"

"那他们就要罢工啦。"大臣说。

"没关系,"伊万说,"如果他们不工作,就能有闲工夫去干活。让他们去运大粪施肥吧,厕所里的大粪已经积攒得够多了。"

有人找伊万打官司，其中一个人说："他偷了我的钱。"

可伊万说："没关系！这说明他需要钱。"

大家都说伊万是傻子。

妻子对他说："人们都说你傻。"

"没关系。"伊万说。

妻子思来想去，觉得自己也快跟着一起变成傻子了："我难道要和自己的丈夫唱反调不成？好吧，我还是夫唱妇随吧。"她也脱下了王后的华贵衣服，把它收进大箱子里，然后向哑巴妹妹玛拉妮娅学习该怎么干农活。她学会干活以后，便去帮伊万搭把手。

就这样，精明的人都离开了伊万的国家，只剩下了一群傻子。他们虽然身无分文，仅靠劳动生活，但他们养活了自己，还接济了一些善良的人。

+

老魔鬼等啊等，迫不及待地想知道兄弟们是如何破产的，可小鬼们音讯全无。他决定亲自去看看，他找啊找，却怎么也找不着小鬼们，只看到地上的三个窟窿，老魔鬼心想："看来他们没能完成任务，我得亲自上阵了。"

他去原先知道的地方找那三个兄弟，可他们早已不在那里了。最后，他在三个不同的国家里找到了他们，发现他们各自生活着，统治着自己的国家，老魔鬼非常失望。

"好吧，"老魔鬼说，"我自己来对付他们三兄弟！"

他首先去谢苗国王那儿，不过他不以魔鬼的面目示人，而是化身成一位将军。

"谢苗国王，"老魔鬼变成的将军说，"听闻您是位英勇的武士，我对您很钦佩，愿为您效力。"

谢苗对他进行了一番盘问，觉得他是个聪明能干的人，于是下令任用他。

这位新将军向国王进言，教他如何建立一支百战百胜的军队。

他说："首先得多征兵，不然您国家里游手好闲的人就太多了。把那些年轻人都抓来服兵役，不管好的坏的，这样你的军队就会扩充四倍；其次，要制造新型武器，我可以为您造出一次可以射一百发子弹的枪，它能像爆豆子似的'噼啪'响。我还可以为您造一种会喷火的炮，人、马、墙都会被它烧得精光。"

谢苗国王接纳了新将军的建议，下令把所有的年轻人都抓来服兵役，又开设了制造新式枪炮的兵工厂，之后便去攻打邻国。敌军刚发起进攻，谢苗国王就命自己的士兵朝他们开火，有一半的敌军立刻被打成了残疾。

邻国国王惊恐之下投了降，交出了国家的统治权，谢苗国王非常得意。

"接下来我要战胜印第安人的首领。"谢苗说。

印第安人的首领听说了谢苗国王的征兵政策，按原样照搬了他的法子，还添加了一些自己的构想：不只年轻男子，连未婚女子也都抓去充军。结果他的军队扩充得比谢苗国王的还要庞大。他的枪炮也全都是仿造谢苗国王的，而且他们还发明了一种能在天上飞、从空中投掷炸弹的武器。

当谢苗国王攻打印第安人时，他以为能像之前一样战胜敌方，可发现根本不是这样。还没等谢苗的军队开火，印第安人的首领就派女兵从空中朝谢苗的军队里投掷炸弹，就像用杀虫剂消灭蟑螂一样轻而易举。谢苗的士兵们吓得仓皇而逃，只剩下了谢苗一人。谢苗的国家被印第安人占领后，他只能再次逃往别处。

收拾了谢苗之后，老魔鬼又去找塔拉斯国王。他化身为一个商人并在塔拉斯的国家安顿了下来，开了家造钱厂。商人用高价收购货物，人们听闻后都跑去他那儿赚钱。老百姓的钱包鼓了起来，还清了欠下的税款，并且能按时纳税。

塔拉斯国王很高兴，心想："多亏了这个商人，现在我的钱又多了，日子也更滋润了。"于是，塔拉斯国王想到了个新点子，他想给自己建一座新王宫。他昭告全国百姓，出高价让他们为他运木材、石材，输送劳动力。

塔拉斯国王本以为百姓会和从前一样蜂拥而至，可所有的木材和石材都运到商人那儿去了，工人们也都去了他那里。塔拉斯国王抬高价格，商人也抬高价格。塔拉斯的钱很多，但商人的钱更多，塔拉斯败下阵来，他的王宫

不得不停工。

塔拉斯国王还想建个花园，秋天来了，塔拉斯又通知民众，让他们来给自己建花园，可没有一个人来，大家都去给商人挖池塘了。冬天来了，塔拉斯国王想买张貂皮做件新大衣。他派使臣去买，使臣回来告诉他："没有地方能买到貂皮，那个商人把貂皮都收走了，他出的价格更高，并且还用貂皮做地毯。"

塔拉斯国王想给自己买匹种马，便派使臣去买，使臣回来告诉他，好的种马都在商人手里，商人拿它们运水浇灌池塘。国王想干的事一件也没干成，谁都不给他干活儿，都跑去给商人干活儿，人们只把从商人那赚来的钱用来纳税。

国王塔拉斯的钱已经多得放不下了，可日子过得越来越揭不开锅。塔拉斯也不再想建什么、穿什么了，因为能勉强度日就已经很不错了，但如今连这点都无法实现了。他的生活变得紧紧巴巴，厨师、车夫、仆从都离开他，去为那个商人服务了。很快，国王塔拉斯连吃饭都成了困难，他派人到集市上买东西，但那里什么也没有，所有的东西都被商人用高价买了去。人们只给国王纳税，不卖给他任何东西。

塔拉斯国王大怒，将商人赶出了自己的国家，而商人住在边境后，依旧干着之前的行当。为了得到商人的钱，人们依旧给商人送东西。

塔拉斯国王的日子过得非常窘（jiǒng）迫，一整天都吃不上饭。还有传言说,商人曾夸下海口,要把王后也买走。

对此,塔拉斯国王惊慌失措,完全不知道该怎么办。

大哥武士谢苗找到了塔拉斯,说:"快帮帮我,我被印第安人的首领击败了。"

可塔拉斯国王此时已经自身难保,他对武士谢苗说:"我已经两天没吃饭了。"

十一

老魔鬼收拾了两兄弟后,又去伊万那儿。他这次化身为一位将军,向伊万进言,让他组建一支自己的军队。

"陛下,"将军说,"国家不能没有军队。你只要下令,我就到民间去征兵,为你组建一支军队。"

伊万同意了,说:"那好,你就去组建一支会演奏乐曲的军队吧,我喜欢这样的军队。"

老魔鬼在全国上下征兵,他声称,来应征的每个人可得到一瓶烧酒、一顶红帽子。

傻子民众们都乐了,他们说:"我们这儿酒是自家酿的,帽子是自己老婆缝的,想要什么样的就缝什么样的,就算是带毛边的花帽也能缝出来。"

没人来当兵,老魔鬼又去了伊万那儿。

"您的那些傻子民众们都不想当兵,"他说,"必须硬把他们抓来才行。"

"好,"伊万说,"那你就去抓吧。"

老魔鬼通知所有的傻子都要应征入伍,如果有人敢反抗,伊万国王就会处死他。

傻子们去找将军,说:"你说过如果我们不服兵役,国王就会处死我们。但你没说如果我们去当兵的话结果会怎样。我听说，士兵也一样会被敌人杀死的。"

"对呀，这是不可避免的。"老魔鬼变成的将军回答道。

傻子们听了后就更不想服兵役了。

"我们才不去，"他们说，"既然横竖都是死，那还不如在家等死。"

"你们这些傻子！"老魔鬼说，"当兵不一定会被杀死，但是不当兵一定会被伊万国王处死的。"

傻子们没听明白，于是去找伊万国王，说："有个将军要我们去服兵役，说我们当兵不一定会被杀死，但要是不当兵一定会被你处死。这是真的吗？"

伊万听了哈哈大笑："我一个人还能把你们全都处死不成？如果我不傻的话，我会给你们解释清楚要去当兵的原因，可惜，连我自己也想不明白。"

"那我们就不去服兵役了。"傻子们说。

"行，"伊万说，"那就别去了。"

傻子们给将军回话，大家都拒绝服兵役。

老魔鬼见这招没用，就跑去蟑螂王那儿挑拨："咱们去征服伊万的国家吧。他不仅有钱，连粮食、牲畜、宝物都数不胜数。"

蟑螂王接受了老魔鬼的提议，决定对伊万的国家开战，他集结了一支声势浩大的军队，备好枪炮，来到边境线上，开始进犯伊万的国家。有人通知

伊万:"蟑螂王来进犯我们的领土了。"

"没关系,"伊万说,"就让他们来吧。"

蟑螂王率军穿越国界后,派遣先头部队侦察敌情。他们找了又找,但没有找着伊万的军队。他们等了又等,心想敌军是不是已经埋伏好了等着偷袭他们,但他们没有听到一点儿与伊万的军队有关的风声。他们没有可以交战的对手。蟑螂王又派兵去攻占村子。当其中一个村子被占领时,傻子们都跑了出来,惊讶地看着士兵。士兵们开始掠夺傻子们的粮食和牲畜,可傻子们双手把它们奉上,没人反抗。士兵们又进了另一个村子,也是相同的情况。

士兵们走了一两天，哪里都是一样：傻子们把自己的东西悉数奉上，没人反抗，甚至还邀请他们住下来。

"亲爱的朋友，"傻子们说，"如果你们在那个国家生活得不如意，那就来我们的国家生活吧。"

士兵们一直往前推进，但完全见不着军队，只有老百姓，他们不仅养活了自己，还接济了别人，他们非但不反抗，反而还邀请士兵们住下来。

士兵们感到十分无趣，回来找蟑螂王："把我们调离战场吧。打仗需要两军交战，可这算什么，跟切水果一样轻而易举。我们在这里打不了仗。"

蟑螂王很生气，命令士兵们在伊万的国家到处烧杀抢掠，还威胁士兵们："你们要是敢违抗我的命令，我就处死你们。"

士兵们非常惊恐，不得不按蟑螂王的命令行事。他们开始烧杀抢掠，可傻子们仍然不反抗，男女老少们只是在一旁哭。

"你们为什么要欺负我们啊？"傻子们说，"你们干吗要白白糟蹋东西啊？你们如果想要，就把它们拿走好了。"

士兵们也觉得自己很可恶，于是他们停止了肮脏的暴行，就地解散了。

十二

老魔鬼靠发动战争没能打败伊万，便灰溜溜地走了。之后，他又化身成一位穿着体面的绅士，在伊万的国家里安顿了下来。他想像对付大肚子塔拉斯一样，用钱来收拾伊万。

"我想为你们做些善事，想让你们变聪明。"他说，"在你们这儿，我要修建房子、兴办工厂。"

"行，"傻子们说，"那你就住下吧。"

绅士在村里过了一夜。次日一早，他走到广场上，拿出一大袋金币和一张图纸，说："你们的生活简直过得像猪一样，我来教你们如何拥有高质量的生活吧。你们照着图纸给我盖一座房子，听我的指挥去干活，作为回报，我付给你们金币。"

他给傻子们看自己的金币，傻子们都很吃惊，因为他们之前都是物物交换，或是以劳动来换物件，从没用过货币。他们一脸好奇地看着金币，说："这玩意儿不错。"

人们开始用劳动和物品去换绅士手里的金币。而老魔鬼则像之前在塔拉斯的国家时一样制造金币。为了得到金币，傻子们把自己的东西全部献给了他，干活时也不偷懒。

老魔鬼扬扬自得，想："这下好了，我要让伊万像塔拉斯一样破产，再买下他的灵魂和肉体。"

傻子们得到金币后，便拿给农妇们做项链，女人们把金币编进辫子里，小孩们将金币当成玩具玩耍。然而，傻子们在得到足够多的金币后，便不想再要了,可绅士的房子还没盖完一半,粮食和牲畜也没囤够一年的量。绅士要傻子们接着给他干活,给他运送粮食和牲畜,允诺他们不管送什么东西、干什么活,都可以拿到不少金币。

然而,没人愿意再给他干活,也没人再给他送东西。只有小孩偶尔会拿一个鸡蛋来找他兑换一枚金币,除此之外,没有任何人再去他那儿兑换金币。

不久,绅士断粮了,他饥饿难忍,只能去村里买食物。他找到一户人家,想用一枚金币换一只鸡,可女主人坚持不要金币。

"这样的金币我已经有很多了。"她说。

绅士想用一枚金币向一个寡妇买条鱼。

"先生,我用不着金币。"她说,"我没有孩子,家里没人玩这个。我自己已经有三枚留着收藏了。"

绅士去找农夫买面包,农夫也不肯收金币。

"我不需要金币。"农夫说,"如果你是以基督徒的名义讨饭的话,那请你稍等,我让我老婆切块面包给你。"

老魔鬼吐了口唾沫后立刻走开了。让他以基督徒的名义乞讨,这话听起来像是在用刀子割他一样。

老魔鬼最终也没能买到面包。因为大家手里都有金币,不管老魔鬼去谁那里,都没人愿意用东西换他的金币。大家都说:"你拿点儿别的东西来换吧，要么出力干活，要么以基督徒的名义去乞讨。"

可老魔鬼全身上下只有金币，他不想劳动，更不愿意以基督徒的名义去乞讨，他气急败坏地说："我给你们钱还不满意吗？你们有了钱可以想买什么就买什么，可以随便雇人干活儿。"

但傻子们根本不听他的话。

"不，我们用不上钱。"他们说，"我们一不用付款买东西，二不用缴

税，拿着钱有什么用？"

老魔鬼只好饥肠辘（lù）辘地躺下睡觉。

大家把这事儿告诉了伊万国王，他们问伊万："咱们该怎么办呀？有位绅士来我们那里，只知道吃喝，穿得倒挺体面，但他既不想干活，又不想以基督徒的名义去讨饭，只知道拿金币来换东西。大家在得到金币以前，还给他送东西，现在没人给他送了。我们该拿他怎么办呢？又不能看着他被活活地饿死。"

伊万听后，说道："好吧，咱们得养活他，就让他像牧人一样吃百家饭吧。"

老魔鬼别无他法，只得去吃百家饭。

这次，轮到去伊万家吃午饭了。

做饭的是伊万的哑巴妹妹。以前，有一些懒人经常欺骗她，他们还没干完活就早早地跑来，把粥喝了个精光。后来她变聪明了，通过看对方的手掌来分辨是不是懒汉，她会请手上有茧的人上桌吃饭，给那些手上没茧的人吃剩饭。

老魔鬼在桌子旁边坐了下来，哑巴妹妹把他的手抓起来一看，双手都没有茧，不仅如此，还光滑白皙，留着长指甲，于是哑巴妹妹一边哇哇叫着，一边把他拽下了桌。

伊万的妻子对老魔鬼说道："先生，您别生气，我这小妹妹不让手上没茧的人上桌。等大家都用完餐了,您再吃剩饭吧。"

老魔鬼在国王家里吃了一些像猪食一样的残羹(gēng)冷炙(zhì),十分气愤,对伊万说:"你们国家的规矩简直就是给傻子制定的!让所有人都去干体力活,也就只有你们这些傻子能想出来这样的主意。难道人只能用手干活吗?聪明人是靠什么干活的,你们知道吗?"

伊万答道:"我们这些傻子怎么能知道

呢？我们只知道干活要靠双手、脊背。"

"就是因为你们是群傻子，"老魔鬼说，"让我来告诉你们怎么用脑袋干活儿，你们就会明白，脑袋可比手好使得多。"

伊万很吃惊："难怪别人都说我们是傻子啊！"

老魔鬼说："用脑袋干活并不轻松。你们因为看到我的手上没茧子，就不让我上桌吃饭，可你们不知道，脑力劳动比体力劳动困难百倍，有时还会头痛欲裂。"

伊万想不明白："朋友，那你为什么要折腾自己呢？难道头痛欲裂不难受吗？你完全可以用双手和脊背干点儿轻松的活啊！"

魔鬼说："因为我可怜你们这些傻子，所以我必须折腾自己。我要是不折腾自己，那你们就永远都是傻子。现在，我来教你们如何用脑袋干活。"

伊万很惊奇："那你教吧，等哪天我们手累了就可以用脑袋干活了。"

于是，老魔鬼答应教他们。

伊万昭告全国："有位绅士要教大家如何用脑袋工作，脑力劳动比体力劳动要强很多，大家可以前来学习。"

伊万的国家建了一座瞭望塔，瞭望塔上有一座楼梯直通塔顶，塔顶有个高台。伊万将绅士领到高台上，以便大伙儿都能看到他。傻子们聚集在台下，仰望着绅士，他们本以为他会给他们示范如何用脑袋工作。可谁知，绅士光讲大道理，并没有任何演示。傻子们什么也没听懂，看了一会儿便散了，各忙各的去了。

老魔鬼在高台上站了两天，没完没了地讲着。他饿了，可傻子们谁也想不到要拿面包给他吃。因为他们觉得，既然脑力劳动比体力劳动强得多，那么靠脑袋得到面包应该是不费吹灰之力的。

老魔鬼在高台上又站了一天，不停地讲。大伙儿过来瞅了瞅，又散了。

伊万问百姓："绅士怎么样了？他开始用脑袋工作了吗？"

"还没呢，"大家答道，"他还在那儿耍嘴皮子呢。"

老魔鬼在高台上又继续站了一天，开始体力不支了，他双腿逐渐发软，一个没站稳，打了个趔趄（lièqie），一头磕在了柱子上。有个傻子见了后跑去告诉伊万的妻子，妻子又马上跑去告诉丈夫："我听说绅士开始用脑袋工作了，咱们快去瞅瞅吧。"

伊万十分惊讶地问："真的吗？"

他立刻掉转马头，赶去瞭望塔。当他赶到时，老魔鬼早已饿得奄奄一息了，他摇晃着身体，脑袋不停地敲着柱子。伊万走到他面前时，老魔鬼一脚踩空，顺着楼梯滚到了塔下，所有的台阶都被他用脑袋数了一遍。

伊万说："绅士说得果真不错，用脑袋工作，有的时候头确实是会裂开的。这比手上长茧还厉害，干这种活脑袋是会长包的。"

老魔鬼滚到楼梯下，头磕在了地上。伊万刚想过去看看他用脑袋干了多少活，这时，地面突然开了个口子，老魔鬼掉进了地缝里，只留下了一个窟

窿。伊万挠挠后脑勺，说道："又是他！瞧他干的坏事！这肯定是那些小鬼的爹，真不可思议！"

伊万一直就这样生活着，人们纷纷前往他的国家，在那里安居乐业。他的两个哥哥也来了，伊万接济了他们。

只要有人过来说："接济下我们吧。"伊万都会回答："好，那就住下来吧，我们什么都有。"

但是，他的国家有个规矩：谁的手上有茧，就可以上桌吃饭，谁的手上没茧，那就只能食用残羹冷炙了。

小王子和他的旅伴们

从前有个国王,他有两个儿子。国王偏爱大儿子,决定让他继承自己的王位。但王后觉得这样过于偏心,为小儿子感到不平,便和国王争吵起来。两人每天都会为此事争执不下。小王子想:"在这种环境中生活,我还不如离家出走。"

于是,他告别父母后,换上了平民的衣服,四处漂泊。

路上,小王子遇见了一个商人。商人告诉小王子,自己以前很富有,但后来轮船失事,自己所有的货物都沉入了大海,现在,他想去别的地方开始新的生活。于是,他们决定结伴而行。

第三天,他们在路上又遇到了一个伙伴,三个人聊了起来。新伙伴原本是一个有房有地的农夫,因为战争,他的田地被毁,房屋被烧,如今在家乡无法生活，所以他要去别的地方找工作。

他们三人结伴而行，来到了一座大城市。

停下来休息时，农夫说："伙伴们，咱们别再游荡了。现在，我们到大城市了，我们得去干自己能干的活。"

商人说："我会做买卖，只要我有一点儿本钱，就能赚很多钱回来。"

小王子说："我不会干活儿，也不会做买卖，我唯一会的是治理国家。如果我有一个国家，我就能把它治理好。"

农夫说："我不需要钱，也不需要国家。只要我四肢健全，我就能活下去，还能连你们也一起养活了。你们一个要赚钱，一个要治理国家，恐怕还没能等到钱和国家，就已经饿死了。"

小王子说："商人需要钱，我需要国家，你干活儿需要力气。钱、国家、力气，都是上帝恩赐的。如果上帝愿意，他就会赐予我国家，赐予你力气；如果不愿意，你就不会得到力气，我也不会得到国家。"

农夫没有听小王子的话，独自进城去了。在城里，别人雇他去搬运木柴。晚上，他拿着工钱回来见同伴们，他对小王子说："你想当上国王还早着呢，但我都已经挣到钱了。"

第二天，商人向农夫借了点儿钱，也进城去了。

在市场上，商人听说城里缺油，人们每天都在等着进货，他就去码头上等船。他看到一艘油船驶来，便第一个上了船，付给船主定金后买下了所有

的油,再进城将这些油倒手转卖,赚了比农夫多十倍的钱。他拿着钱回来见同伴们。

小王子说:"现在该我进城了。你们两个都很走运,或许,我也能走运。上帝是无所不能的,他能给农夫活儿干,能让商人赚钱,也一定能给小王子我一个国家。"

小王子进城去了,看见百姓在大街上一边走,一边哭,就上前问他们为什么哭,他们答道:"你难道不知道吗?昨天晚上咱们的国王死了,我们再也找不到这么好的国王了。"

"他是怎么死的?"小王子问道。

"应该是坏人给他下了毒。"

小王子听了之后哈哈大笑起来:"这怎么可能呢?"

忽然,有个人打量起了小王子,发现他的口音和本地人不一样,穿着也和本地人不同,就喊道:"乡亲们!这人是凶手派来暗中打探消息的。说不定就是他给国王下的毒。你们听,他的口音和我们不一样,我们在哭,他却在笑。快抓住他,把他关进监狱!"

小王子被他们抓起来关进了监狱,两天没吃东西。第三天,人们把小王子押去法庭受审,很多人前去旁听。

法官问小王子是什么身份,来这里干什么。小王子答道:"我是一个王子。我的父王让我的哥哥继承王位,我的母后为我鸣不平,因为我,父母亲的关系不再和睦。我不愿这样,于是辞别了父母四处漂泊。在路上,我认识了两个旅伴,一个是商人,一个是农夫,我和他们一块儿来到了你们的城市。我们在城外休息时,农夫说我们该干些力所能及的活。商人说他会做买卖,但他没有钱;我说我只会治理国家,但是我没有国家;农夫说,我们只干等着钱和国家的话,到最后只能饿死,而他手上有力气,能养活自己,还能接济我们。他进城赚了钱后,带着钱来见我们。商人拿着这笔钱进城去做

生意，结果赚了十倍。我进了城，却被无缘无故地抓起来，关进监狱，而且两天没让我进食，现在，你们还要处死我。但我毫不畏惧，因为我明白，这一切都取决于上帝。根据他的旨意，你们要么不明不白地处死我，要么就拥戴我为国王！"

他陈述完后，法官一言不发，不知该说什么。

突然，有人在人群中喊道："是上帝把这个王子派到咱们这儿来的。没有比他更好的国王啦！咱们让他当国王吧！"

于是，所有人都拥护小王子当国王。

小王子当上了国王后，让人去城外找自己的两个同伴。农夫和商人得知国王要见他们，很害怕，以为自己在城里犯了什么错，可他们又不能逃跑，只能去拜见国王。他们跪倒在国王面前，国王让他俩站起来。他们这才发现，曾经的旅伴小王子已经成为国王。

国王把事情的经过告诉了他们，并对他们说："瞧，我说得没错吧？好坏全由上帝决定。上帝给了王子一个国家，并不比让商人赚钱、给农夫活儿干来得困难。"

国王重赏了自己的两个旅伴，并让他们在这个国家继续生活。

国王的三个难题

从前有位国王，他想，如果自己能知道：什么时候是开始做一件事的最佳时刻？谁是自己在世界上最重要的人？每一个时刻，最重要的事情是什么？那么，天底下便没有什么事能难得了自己。他昭告全国，如果有人能告诉他这三个问题的答案，便重重有赏。于是，许多读书人前去王宫各抒己见。

对于第一个问题有些人认为，要想知道做每件事的最佳时刻，应该制定一份时间表，内容包括每一年、每个月、每一天该做的事，并严格执行，只有这样，所有的事情才能按时完成；另一些人认为，计划未来要做的事是不可能的，应该心无旁骛（wù）①，专注于手头上的事，这样，所有的事情

---

① 心无旁骛：形容心思集中，专心致志。

就能按时完成；也有一些人认为，即使专注于手头上的事，凭国王的一己之力，也不能正确判断何时该做何事，应该把聪明的人组成一个议会，根据议会来决定何时该做何事；还有一些人反驳说，有些急事是来不及询问议员的，需要马上决定要不要做，只有巫师才能预见到答案，因此，要想知道做每件事的最佳时刻，应该去请教巫师。

对于第二个问题，大家的见解也不尽相同。一些人认为，对国王最重要的人是信服于他的官员；另一些人认为，对国王最重要的人是教士或者僧侣；还有些人觉得应该是医生；更有一些人的答案倾向于武士。

人们对于第三个问题也观点不一。一些人认为最重要的事是发展科学，另一些人认为国防军事才是当务之急，还有一些人认为宗教才是重中之重。

答案各式各样，国王没有同意任何一个人的答案，所以没有任何一个人能够得到奖赏。

为了得到更准确的答案，国王决定到林子里请教一位名声极好、品德高尚的隐士。但隐士从不出林子，并且他只接见平民和弱者。

于是，国王换了身朴素的衣服，下了马后不让侍从跟随，独自走进林子去拜访这位隐士。

国王到了隐士的住处，隐士正在自己的屋舍前挖坑。他见到国王，打了个招呼后便继续忙起了手上的活。隐士很瘦弱，每当他用铲子翻一块土，就会气喘吁吁一番。

国王上前对隐士说:"智慧的隐士,我是来向您请教三个问题的:什么时候是开始做每件事的最佳时刻?谁是自己在世界上最重要的人?每一个时刻,最重要的事情是什么?"

隐士听完后,什么也没说,继续挖土去了。

"您一定累了,"国王说,"把铲子给我,我帮您挖会儿吧。"

"谢谢。"隐士将铲子递给了国王,自己坐在地上歇息。

国王翻了两块地,又停下来重复之前的问题。隐士仍然没有做出解答,他起身想从国王手中拿过铲子。

"现在换您休息了,该我了。"他说。

可是,国王没有把铲子递给隐士,而是继续挖地。过了一个小时、两个小时……太阳开始西沉,国王把铲子插进土里,说:"智慧的隐士,我是来向您请教问题的。如果您不能解答的话就请告诉我,我就回去了。"

"有人正朝我们跑来,"隐士说,"我们去看看是谁。"

国王转过头,看见一个留胡子的人从林子里跑来。这个人双手捂着肚子,血从指间流出。他刚跑到国王跟前,便翻着白眼倒地不起,虚弱地呻吟着。

国王和隐士将伤者的衣服掀开,发现他肚子上有个很长的伤口。国王用手帕尽可能地清洗伤口,又用隐士的毛巾为他包扎。但伤者依旧血流不止,国王只好多次取下被血浸透的毛巾,重新清洗后包扎伤口。

血止住后,伤者终于清醒了过来,他想要喝水,于是国王为他从溪边取来了一瓢清水。

不一会儿,太阳落山了,一阵凉意袭来。国王和隐士一起将伤者抬进屋里,让他躺在床上,伤者静静地闭着双眼。国王行走劳作了一天,累得靠在门边睡着了。他睡得很沉,整晚都没有醒。

当他第二天醒来时,已是中午,他久久都没反应过来自己身在何处。他环顾一圈,发现躺在床上的受伤之人正直勾勾地盯着他。

留着胡子的伤者见国王醒了后看向自己,便伤感地轻声说道:"请您原谅我吧。"

"我不认识你,你做错了什么事情需要我原谅?"国王问道。

伤者说:"您不认识我,但我认识您。我是您的敌人,您杀了我的兄弟,夺了我的财产,我曾发誓要报仇。当我听说您要独自上山找隐士时,便决定在您回程途中袭击您。但是我等了一天也没等到您,于是我放弃了埋伏出来寻找您,不料遇上了您的侍从。他们认出了我,一路追杀我,虽然逃过一劫,但我却身负重伤。如果您没有为我包扎伤口,我会因失血过多而死。我本想寻您复仇,可您却救了我。如果我能够逃出鬼门关,一定会为您效忠,并且会要求我的子孙们忠心服侍您。请您原谅我吧。"

国王很高兴,他从未想过可以如此轻易地与敌人和解。他不但原谅了伤者,还归还了他所有的财产,并且派医生和随从照顾他。

告别伤者后，国王来到台阶上再次寻找隐士。在离开前，他想最后一次问隐士那三个问题。

隐士在院子里，跪在之前挖的坑旁播种。

国王走到隐士面前，说："智慧的隐士，我最后一次请求您回答我的问题。"

隐士蹲下身子，用瘦弱的小腿支撑着身体。他仰望着站在他面前的国王，说："您已经得到问题的答案了。"

"这话是什么意思？"国王问。

隐士说："倘若昨天您没有同情我替我挖土，那么您在独自回去的路上就会被那位伤者袭击，您会后悔没留下来陪我。所以，当您替我挖土的那一刻，就是最适合的时刻；我就是您最重要的人；而您当时帮助了我，就是最重要的事。后来那位伤者跑来，您帮助他的时候，就是适合的时刻，因为如果您没为他包扎伤口，他就会死去，您也会失去和敌人和解的机会。所以，他当时就是您最重要的人；您帮助了他，就是最重要的事。请记住，最重要的时刻就是当下，因为当下是我们唯一能掌控的时刻；最重要的人就是如今在您身边的人，因为没有人能知道自己未来还会和谁有着联系；最重要的事就是帮助自己身边的人，让他们感到快乐，因为人活在世上的最终目的就是追求快乐。"

人靠什么活着

一

从前，有个鞋匠和自己的妻子、儿女们住在一间从农夫那儿租来的小木屋里。他既没有房子，也没有土地，只是靠着修鞋的手艺过活。然而，粮食很贵，手工活儿的价格很低，所以他赚来的钱只够勉强糊口。鞋匠和妻子两人只有一件破烂不堪的皮袄。他想买块羊皮来做件新皮袄，不过，这件事情他已经想了一年多了。

在秋天到来前，鞋匠终于凑齐了三卢布①，钱一直藏在他妻子的大箱子

---

① 卢布：俄罗斯等国的本位货币，1卢布=100戈比。

里。除此之外，村子里的农夫们还欠了他五卢布加二十戈比①。

一天早上，鞋匠计划到村里去买块羊皮做成皮袄。他在自己的衬衣外面套上妻子的黄土布短棉袄，然后穿上一件呢（ní）子长袍，往口袋里揣进一张三卢布的纸币，吃完早饭后便拿着一根拐杖出发了。他想："我从农夫那儿要回五卢布，再加上手里的三卢布，就足够买用来做皮袄的羊皮了。"

鞋匠来到村里，走进了一户农家，然而农夫不在家，他的妻子不愿还钱，只是承诺他，她的丈夫会在一星期内把钱送去。

于是，鞋匠去找另一个农夫，希望他还钱，但那个农夫发誓说自己没钱，只是把二十戈比的修靴费给了鞋匠。

鞋匠买羊皮时想赊账，但无论如何，卖羊皮的人都不相信他。

"你要是把现钱拿来，羊皮随便你挑。讨债的滋味我老早就尝过了。"卖羊皮的说。

就这样，一天下来，鞋匠什么事也没做成，只是拿到了二十戈比的修靴费，顺便接了件缝补旧毡（zhān）靴的活。

他很沮丧，于是用这二十戈比买了酒喝，之后两手空空地往家走去。早上去村里的时候，他还觉得很冷，现在喝了酒，即使没有皮袄，他也觉得十分暖和。他一只手拄着棍子，用棍子捅着冰冻的路面；另一只手挥着旧毡靴，边走边自言自语。

---

① 戈比：俄罗斯等国的辅助货币，100戈比=1卢布。

他说:"就算没有皮袄,我也很暖和。喝了酒浑身发热,就用不上皮袄了。我可以走着走着就忘记忧愁。我就是这样的一个人!我还有什么不满意的呢?就算穿不上皮袄,我也一样能活,我一辈子也用不上它。只是,我老婆会不高兴。再说也真够憋屈的,辛辛苦苦地给人家做工,到头来反被人坑。等着瞧吧,下次他再不送钱来,我绝饶不了他。哎,这都是些什么事啊!每次就只付给我二十戈比,二十戈比能用来干吗?喝一次酒就没了。他说他手头紧,我手头就不紧吗?他房子、牲口样样都有,而我一无所有。他的粮食靠自家种,我的粮食全靠买,一星期光买粮食就得花掉三卢布!等我回家发现家里没有粮食了,又要花一个半卢布去买。他还是还我钱吧。"

鞋匠走向拐

角处的小礼拜堂。突然，他发现有个东西在小礼拜堂那边发着白光。天渐渐黑了，他怎么也无法看清那个东西。他心想："这是石头吗？可这儿不应该有石头的呀。那它会不会是牲口呢？但也不像牲口。他的头部有些像人，但是颜色太白了，再说如果是人的话，他在那儿干什么呢？"

鞋匠朝前面又走了几步，这下看清楚了。奇怪了，还真是个人，但不知道是死是活。他光着身子一动不动地坐着，背靠着小礼拜堂。鞋匠心里有些发怵（chù），想道："难不成他被人杀了，然后被人扒了衣服，扔在了这里？我要是再往前走，可就说不清啦。"

鞋匠绕道到小礼拜堂的后面，这样就看不见那个人了。然而，当他从小礼拜堂前走过时，又回头看了一眼，发现那个人扶着礼拜堂的墙壁支起了身体，开始活动着，似乎在看他。鞋匠更加惊恐了，心想："我是走过去还是绕道而行呢？他到底是什么人，我走过去会不会有麻烦？他沦落至此，肯定是没干什么好事。如果我走过去，他突然蹦起来掐我脖子，我就无法逃脱了；即使他不掐我脖子，也会和我纠缠不清。他一件衣服都没穿，但我没法帮他，我总不能脱下身上最后一件衣服给他吧？上帝啊，帮帮我吧！"

鞋匠快步走着，就要绕过小礼拜堂了，可他觉得就这样走了，有些良心不安。

鞋匠停在了路上。

"谢苗，你在做什么？"他自言自语道，"在别人奄奄一息的时候，你为何胆小得想绕道走开？还是你已经富有到担心别人抢你的钱财了？哎，谢苗，这可不行啊！"

说完，谢苗转身走向那个人。

二

谢苗走到那个人跟前，仔细一瞧，发现那个人四肢健全，并无残疾，只是冻僵了，受到了惊吓。他靠着小礼拜堂坐着，看向别处，好像已经疲惫得无法睁开眼睛。谢苗走到他面前时，他好像突然清醒了过来，转过头，睁开眼看向谢苗。这一眼让谢苗对他有了些许好感。谢苗把毡靴扔在地上，又在毡靴上放上解下的腰带，然后又脱下呢子长袍。

"先别着急讲话！"他说，"快把衣服穿上！"

谢苗将那个人搀扶了起来，瞧了瞧，发现那个人皮肤白皙细腻，手脚完好，脸庞长得也十分讨人喜爱。

谢苗为他穿上了呢子长袍，但他因为冻僵了身子，自己无法将手插进袖子里，谢苗又帮他将手放进袖子里，穿好衣服，整理好衣襟和腰带。

谢苗摘下自己的破帽子，想给那人戴上，但他觉得头部很冷，心想："我已经没有头发了，可他还留着长卷发呢。"于是又将帽子戴回了自己头上，"让他穿上毡靴或许更好。"

谢苗叫那个人坐下来，把毡靴穿在了他的脚上。

那人穿上靴子后，鞋匠说道："行啦兄弟，你活动活动筋骨，让身子暖和起来，有什么事情让别人去解决吧。你能走路吗？"

那个人站起来，用感激的目光看着谢苗，一言不发。

"你为什么不讲话呀？你总不能整个冬天都待在这儿吧？得去找个人家住下。我把棍子也给你，你要是走不动了，就挂着它走。振作起来！"

那人挺轻松地走了起来，并没有丝毫跟不上谢苗步伐的样子。他们顺着大路走，谢苗问道："你是从哪儿来的？"

"我不是当地人。"

"嗯，当地人我全都认识。你是怎么到小礼拜堂的？"

"我不能告诉你。"

"是不是有人欺负你？"

"没人欺负我，是我在接受上帝的惩罚。"

"那是当然，上帝能主宰一切。可你怎么也得找个地方住下吧？你去哪儿好呢？"

"我上哪儿去都没区别。"

谢苗感到吃惊，这人说话轻言轻语，不像是个会惹是生非的人，但就是不愿意透露自己的底细，不过，大千世界，无奇不有。他说："你到我家去吧，好歹可以暖和暖和身子。"

于是，谢苗和那人并排朝家中走去。

谢苗的衬衣被寒冷的风吹透了，他也渐渐酒醒了。他的身体开始发冷，边走边擤鼻涕，把妻子的短袄裹得更紧了，他想："呵呵，想出门做件皮袄，结果到头来连呢子长袍也没了，还带了个光膀子的人回家。玛特廖娜肯定得骂我！"一想到妻子会生气，谢苗就犯起愁来。可他一看到这个陌生人，脑海里就浮现出了他在小礼拜堂后面的样子，心里便有了一丝温暖。

三

谢苗的妻子劈好了柴，打好了水，早早地就做完了家务。这个时辰，她已经喂饱了孩子们，自己也吃过了饭。现在，她在思索是今天发面还是明天发面，因为家里只剩下了一块面包。

她想："要是谢苗在外面吃过午饭回来的话，那么他晚饭就不会吃很多，面包就足够吃到明天。"

玛特廖娜来回翻了几下那块面包，想道："今天不用发面了，家里的面粉还能做出一炉子面包，够吃到星期五。"

玛特廖娜收起面包，在桌旁坐下，开始缝补谢苗的衬衣。她一边补，心里一边惦记着丈夫今天出门买羊皮做皮袄这件事。

"千万别被卖羊皮的骗了。我丈夫这人太老实了，从不骗人，就连孩子都能将他骗得团团转。八卢布够做一件好皮袄了。就算不是熟皮,但好歹也是件皮袄。去年冬天没有皮袄穿,我们可真是被冻坏了!不光是小河边去不了,哪儿都去不了。他一出门就要穿走所有的厚衣服,那样我便没衣服穿了。他今天虽然不是很早出门,但也该回来了,难不成他去喝酒了吗?"

玛特廖娜刚想到这里,屋外便传来了脚步声。她插上针,到走廊里一看,发现回来的是两个人:谢苗和一个没戴帽子、脚穿毡靴的陌生人。

玛特廖娜一瞬间便闻到了丈夫身上的酒气,心想:"看吧,果真去喝酒了。"她又见到丈夫只穿着短袄,两手空空,一言不发,一副扭捏的模样,心瞬间沉了下来,想道:"他不仅把钱都拿去喝了酒,还和来历不明的人鬼混,最离谱的是,他竟然还将陌生人领回了家。"

玛特廖娜让他俩进了屋,自己也跟在他们后面走了进去。她看了看这个陌生人,发现他很年轻,身形消瘦,身上穿着他们家的长袍,长袍里面没有穿衬衣,头上也没有戴帽子。他从进屋后就一直低着头一动不动地站着,连眼皮都没有抬过。玛特廖娜想:"他肯定不是什么正经人,不知道在害怕什么。"

玛特廖娜皱着眉头退到炉边,观察着他们的一举一动。

谢苗把帽子摘下,像个体面人一样坐在板凳上,说:"玛特廖娜,咱们准备吃晚饭吧!"

玛特廖娜小声嘟囔(nang)了一句,站在炉边不动,时而看向丈夫,时而看向这个陌生人,一直摇着头。

谢苗发现妻子情绪不好,但他假装没看见。他牵起陌生人的手,说:"请坐,兄弟,咱们这就吃晚饭。"

于是,陌生人坐在了板凳上。

"怎么回事?你没做饭吗?"

玛特廖娜生气了:"我做饭了,但是没有做你的饭。你是喝多了吧?你出门买羊皮,回来的时候连长袍也不在身上了,还带回来个光膀子的流浪汉。我这儿可没有给你们这些酒鬼吃的饭!"

"玛特廖娜,你别瞎说!你得先问问他是什么人。"

"那你告诉我,钱去哪儿了?"

谢苗摸了摸口袋,掏出一张三卢布的纸币,展开它。

"钱在这儿呢,特里福诺夫没有还钱,他说这周把钱送来。"

玛特廖娜更生气了。她丈夫不仅没有买到羊皮,也没要到账,还让光膀子的流浪汉穿了家里最后一件长袍,并且将他带回了家。

她抓起桌上的纸币,将它拿走藏了起来,说:"我这儿没有你们的饭。光膀子的酒鬼太多了,我养不起。"

"哎,玛特廖娜,你嘴下留情呀,你听我说……"

"你这醉酒的糊涂虫嘴里能讲出什么好话来?我本来就不想嫁给你这个酒鬼,我娘留给我的布被你换了酒钱,现在你居然还喝掉了买羊皮的钱!"

谢苗想和妻子说他只喝了二十戈比，想讲清楚这个陌生人是在哪儿被他发现的，但是玛特廖娜根本不给他解释的机会。她胡言乱语着，想到什么说什么，还翻起了十年前的旧账。

玛特廖娜边说边走到谢苗面前，抓住他的袖子："你还我的短袄。我就只有这么一件了，你还从我身上扒下来穿在自己身上。快还给我，你这个浑蛋！"

谢苗只得脱下身上的女式短袄，他刚把一只袖子脱下来，玛特廖娜就猛地一拽，只听"哗啦"一声，衣服被扯烂了。玛特廖娜抢过短袄直接套在身上，她想开门出去，但又停了下来，因为她想知道这个陌生人到底是谁。

四

玛特廖娜说："正经人是不会一丝不挂的，可他连件衬衣都没穿。你倒是说说，你是从哪儿把这么个体面人带回来的？"

"我走在路上时，发现这个光膀子的人坐在小礼拜堂旁边冻僵了。现在是冬天，他又光着身子，如果不是上帝指引我到他面前，他就完蛋了。我能怎么办？这天底下什么事都有！所以，我就把衣服给他穿上，带他回来了。你别生气了，这真是罪过啊，玛特廖娜，咱们有一天都会死的呀。"

玛特廖娜原本想骂丈夫，可她瞅了瞅这陌生人之后，沉默了。那个人坐

在板凳边上一动不动，他捂着胸口，把头垂在胸前，闭眼皱眉，看着好像透不过气似的。

玛特廖娜沉默着，谢苗说："玛特廖娜，难道你心里没有上帝吗？"

玛特廖娜听了这话，再瞧瞧这陌生人，心里的气忽然就烟消云散了。她从门前走向炉灶边，端出了晚饭。她在桌子上放了一只碗，倒满了格瓦斯，拿出了最后的那块面包，摆出了一把餐刀和两把餐勺。

"吃吧。"她说。

谢苗拍了拍陌生人，说："过来吧，兄弟。"说完，他切开面包，把它捏碎后吃了起来。

玛特廖娜坐在桌角，手托下巴，观察着这个陌生人。她对这个陌生人起了怜悯（mǐn）之心，并且喜欢上了他。陌生人也突然高兴起来，不再眉头紧锁。他抬起眼睛，看着玛特廖娜，冲她笑。

晚饭后，玛特廖娜把桌子收拾完毕，便开始询问陌生人："你从哪里来？"

"我不是当地人。"

"你为什么流落街头呢？"

"我不能告诉你。"

"你是被抢劫了吗？"

"是上帝在惩罚我。"

"你就一丝不挂地躺在那儿?"

"我冻僵了,光着膀子躺着。谢苗发现了我,他同情我,让我穿上了他的长袍,带我来到了这里。到这里以后,你也同情我,给我食物。愿上帝保佑你们!"

玛特廖娜站起来,拿起窗台上她刚补好的谢苗的旧衬衫递给陌生人,接着又找了条裤子给他。

"给你,我看你身上没穿衬衫,就穿上它吧!随便你睡哪儿,客厅也可以，灶炕上也可以。"

陌生人把长袍脱了下来，穿上衬衫和裤子，在客厅里躺了下来。

随后，玛特廖娜熄了灯，拿起长袍，去卧室休息了。她将长袍下摆盖在自己身子上，躺在床上无法入睡。

一想到陌生人吃掉了家里的最后一块面包，又想起自己给了陌生人衬衫和裤子，玛特廖娜就感到十分难过。可当陌生人微笑的面孔浮现在她脑海里时，她又感到些许安慰。

玛特廖娜久久无法入睡，她发现谢苗同样醒着，并且在将长袍往他的方向扯。

"谢苗！"

"嗯！"

"面包已经吃完了，可我还没有发面，不知道明天该怎么办，得去玛拉妮娅大嫂家借点儿。"

"咱们肯定能活下去，还是能够吃饱饭的。"

玛特廖娜沉默地躺着。

"这人看起来还不错，可就是不愿说明自己的来历。"

"也许就是不能说。"

"谢苗！"

"嗯！"

"咱们帮别人，可为什么没人帮咱们啊！"

谢苗不知道怎么回答，就说："以后再说吧。"

说完，他翻身睡去了。

五

第二天早晨，谢苗起床时，孩子们还没醒，妻子去隔壁邻居家借面包了。

陌生人穿着衬衫和旧裤子，独自坐在板凳上，抬头望天，气色比昨天好了很多。

谢苗说："好兄弟，肚子要吃饭，身上要穿衣，咱们得养活自己。你会干活儿吗？"

"我什么活儿也不会干。"

谢苗很惊讶："人只要肯学，就没有什么是学不会的。"

"大家都要干活的话，那我也要干活。"

"你叫什么？"

"我叫米哈伊尔。"

"那好，米哈伊尔，你要是不想说自己的来历，那就算了，但你必须养活自己。你按我说的做，我养活你。"

"上帝保佑你，我一定按你说的做。说吧，你想让我做什么？"

谢苗把麻绕在手指上搓线头。

"你看，这活儿不难。"

米哈伊尔瞅了瞅，也在指头上绕上麻，学着谢苗搓起来。

谢苗教他怎么上蜡，他也马上领会了。谢苗又告诉他怎么捻入鬃（zōng）毛、缝靴子，他也马上学会了。无论谢苗教他什么，他都可以马上学会。第三天干活时，他就已经像缝了一辈子靴子的鞋匠了。

他干起活来很认真，吃得也不多。每次休息时，他都一言不发，只是抬着头望着天空。他从不外出，不多嘴，不说笑。

他只笑过一次，那便是他来谢苗家的那天晚上，当玛特廖娜拿晚饭给他吃的时候。

六

时间一天天流逝，转眼已经过了一年。

米哈伊尔依旧住在谢苗家，帮谢苗工作，不过，他的名声已经传开。大家都说，谢苗的工人米哈伊尔缝的靴子比别家的都精致结实。

周围的人都来谢苗家做靴子，谢苗的生活也慢慢富裕起来。

冬日里的一天，谢苗和米哈伊尔坐在一块儿干着活儿，一辆响着铃儿的马车驶到屋前。他望向窗外，看见这辆马车停在了屋子对面，一个汉子跳下驾驶座,打开了马车门。一位穿着大衣的老爷从车厢里走了出来,他一下车就径直走向了谢苗家。

玛特廖娜连忙跑去开门迎接。那位老爷弯腰走进屋里,他一挺身,头就差不多顶到了天花板上,一个人占了整个屋角。

谢苗站起来行了礼,十分吃惊地看着老爷,他以前从未见过这等人物。谢苗很瘦,但他肌肉强壮,米哈伊尔同样属于清瘦型身材,玛特廖娜更不用说,瘦得像一块干木片。而眼前这个人似乎来自另一个世界,他面色红润,脖子粗得像公牛,身子如铁块一般结实。

老爷喘了口气,脱了皮袄,坐在板凳上,问道:"谁是老板?"

谢苗说:"我就是,大人。"

老爷喊来自己的仆人:"喂,费济卡,拿皮子来。"

听到吩咐的仆人,连忙抱着一个包袱跑进了屋里。老爷从仆人手里接过包袱,将它放在桌子上,说:"打开。"

仆人遵从地打开了包袱。

老爷用手指戳着皮子,对谢苗说:"听着,鞋匠,你看到这皮子了吗?"

"看见了,"谢苗说,"大人。"

"你明白这是什么货吗?"

谢苗拿来皮子摸了摸,说:"上等货。"

"呸，还上等货！你这蠢东西，你从没见识过这种货色吧？这可是德国的皮货，值二十卢布哩。"

谢苗害怕地说："这我们上哪儿能见到啊。"

"那可不，你能拿这皮子做双靴子给我吗？"

"行，大人。"

老爷对他喊起来："什么叫'行'？你要明白你是拿什么皮子给什么样的人做靴子！你得给我做一双靴子，这双靴子一年内不能穿坏、变形、开裂。你如果能做，你就去裁皮子，做不了你就别裁。先说好了：要是一年内靴子开裂了、变形了，我就让你吃牢饭；要是一年内不开裂、不变形，我就付给你十卢布的工钱。"

谢苗十分害怕，不知道该说什么。他回过头瞧瞧米哈伊尔，用胳膊肘儿碰他，小声问道："能接这活吗？"

米哈伊尔点了点头，说："接。"

谢苗听了米哈伊尔的话，决定接下这活儿，做一双一年不变形、不开裂的靴子。

老爷伸出脚，喊他的仆人脱掉他左脚的靴子。

"留个尺寸！"

谢苗裁了张十俄寸①长的纸，他把纸摊平，跪了下来。为了不弄脏老爷

---

① 俄寸：在俄国采用米制长度单位以前，作为正式长度单位被使用的传统度量单位，1俄寸≈4.44厘米。

的袜子,他用围裙擦了擦手,才开始量尺寸。量完脚掌、脚背后,谢苗准备量小腿肚,可是纸不够长,老爷的小腿肚粗得像根大圆木。

"悠着点儿,可别把靴筒做瘦了。"

谢苗缝了一张纸上去。老爷坐在那儿,脚指头在袜子里不老实。他环顾屋子,看见了米哈伊尔。

"这是谁?"老爷问道。

"这是我这儿的师傅,由他做你的靴子。"

"悠着点儿，"老爷对米哈伊尔说，"记住，要一年内不坏。"

谢苗回过头望向米哈伊尔，发现他并没有在看那位老爷，而是死死地盯着老爷身后的屋角，好像在观察着谁。

米哈伊尔忽然笑了，看起来很高兴。

"你这笨蛋龇（zī）牙笑什么呢？你最好留心点儿，按时交货。"

米哈伊尔说："该交货时就交货。"

"这就对了。"

老爷穿上靴子、皮袄，整理好衣襟，走向门口。他忘了弓下腰，头直接撞上了门楣，骂骂咧咧地揉着脑袋上车走了。

老爷离开后，谢苗说："这人壮得就像块大石头，门框都要被他撞下来了，他却什么事都没有。"

玛特廖娜说："人家的日子是什么样的，能不发福吗？怕是连死神也没办法将这块'大石头'带走吧。"

七

谢苗对米哈伊尔说："咱们是接了这活儿，但可别闯祸。这皮子贵，老爷的脾气也差，咱们可不能出差错。你眼神比我好，手也比我灵活，你拿尺寸去裁皮子，然后我缝靴头。"

米哈伊尔同意了，他接过皮子，摊在桌上，对半折了后拿起刀子裁了起来。玛特廖娜走了过来，她看见米哈伊尔裁皮料的方式后很不解，她不明白米哈伊尔在做什么。玛特廖娜也很熟悉做靴子这门手艺，她见米哈伊尔并没有按照做靴子的方式裁皮子，而是裁了两张圆形的皮子，本想向米哈伊尔问清楚，但随即想道："米哈伊尔应该比我在行，我还是别掺和了。"

米哈伊尔裁了一双鞋面后，用线头将皮子缝了起来，他没有像做靴子那样用两个线头从两边走线，而是像缝便鞋一样用一个线头走线。

玛特廖娜很惊讶，但还是没有指出来。米哈伊尔不停地缝着。

中午，谢苗过来时，发现老爷的皮子被米哈伊尔用来做了一双便鞋，惊讶得叫出了声，心想："米哈伊尔在我这儿待了整整一年，从来没出过岔子，今天怎么犯下这么严重的错误？老爷要的是带鞋边的靴子，他却做成了便鞋，浪费了皮子。我可怎么跟老爷交代？哪儿能找到这种名贵的皮子？"

他对米哈伊尔说道："亲爱的米哈伊尔，你到底怎么啦？你简直是在要我的命！老爷定做的是靴子，你看看你做的是什么！"

他刚要训斥米哈伊尔，门口便传来了一阵敲门声。他们望向窗外，有个骑马的人赶了过来，正在拴马。他们打开门，发现来人正是老爷的仆人。

"你好，有什么事儿吗？"

"太太派我来通知关于靴子的事儿。老爷不需要靴子了，他去世了。"

"你说什么？"

"他离开你们这儿后,还没到家就死在了车上。我们到家后,将他抬下来时,他的身体已经僵硬了。太太跟我说:'赶紧去通知鞋匠,不用做靴子了,立刻用那块皮子做一双死人穿的寿鞋。你就在他们那儿等着,他们做好了你就带回来。'所以我就又来你们这儿了。"

米哈伊尔把桌上的边角料卷成一只圆的鞋筒,把两只缝好的便鞋放在手

里碰了碰，又拿围裙把它们擦了擦，然后一起拿给了仆人。

仆人接过那双便鞋，说："再见了，老板！祝你们好运！"

八

日子又过去了一年、两年……米哈伊尔已经住在谢苗家六年了。

他和以前一样，不爱外出，也鲜少说话。这些年来，他只由衷地笑过两次：一次是玛特廖娜把晚饭端给他的时候，另一次是朝着那位去世的老爷笑。

谢苗十分满意自己的这个工人，他不再追问米哈伊尔的来历，只担心他会离开。

有一次，他们都在家。玛特廖娜在往炉子里塞铁锅，孩子们顽皮地围着板凳跑来跑去，时不时地看向窗外，谢苗在一扇窗户下缝靴子，米哈伊尔则在另一扇窗户下钉鞋跟。

一个小男孩跳下板凳，跑到米哈伊尔旁边，扶着他的肩膀往窗外望，说："你快看，米哈伊尔叔叔，有个女人好像朝我们家这边过来了，她身边跟着俩小女孩，其中一个小女孩还是瘸子呢！"

男孩话音刚落，米哈伊尔就停下了手上钉鞋跟的活儿，转头向窗外望了过去。

谢苗很疑惑，因为米哈伊尔以前是从来不会望向窗外的，今天却望向了窗外，不知道他在看什么。

他顺着米哈伊尔的目光看向了窗外，果然，有个女人朝他们家走了过来。

这个女人穿着整洁的衣服，两只手一左一右地牵着两个裹着头巾的小女孩。两个小女孩长得十分相似，只是其中一个女孩的左腿看上去有些毛病，走路时一瘸一拐的。

女人走上台阶，走过穿堂后摸到了房门，抓住把手将门推开。她让两个小女孩先走，自己跟在后面进了屋。

"你好，老板！"

"欢迎光临。有什么事儿吗？"

女人坐在沙发上，两个孩子靠在她的膝头上，十分好奇地打量着屋里的人。

"我想给这俩孩子各做一双春天穿的皮鞋。"女人说。

"可以，这么小的鞋我们还没有做过，不过我们做得了，带鞋边的能做，帆布的也能做。咱们的米哈伊尔手艺了得！"

谢苗回过头看向米哈伊尔，只见他停下手里的活儿，坐在那儿盯着那两个小女孩。

谢苗很是不解，心想："这两个小女孩是挺惹人爱的，黑漆漆的眼睛，胖乎乎、红通通的小脸蛋儿,她们的衣服和头巾都很好看。"但令谢苗不明白的是,米哈伊尔为什么要一直目不转睛地盯着她们,就好像他认识她们一样。

谢苗觉得奇怪,便和那个女人聊了起来。

他们说好了价钱,量好了尺寸,女人抱起瘸腿的女孩放在膝盖上,说:"得给这孩子量两个尺寸,有毛病的脚做一只鞋,没毛病的做三只。她俩的脚一模一样,她们是双胞胎。"

谢苗量了尺寸后,指着瘸腿的小女孩问:"她是怎么弄成这样的?多讨人喜爱的小姑娘啊,她天生就是这样的吗?"

"不,是被她母亲压的。"

玛特廖娜听到这里不免有些恼火,她很想为这个可怜的小女孩讨个公道,想知道这两个孩子的母亲究竟是谁,便问道:"你不是她们的母亲吗?"

"我不是她们的母亲,也不是她们的亲戚,她们是我收养的。"

"虽然不是你亲生的,但你很疼爱她们!"

"怎能不疼爱呢?她俩是我喂大的。我之前也有过孩子,但是被上帝召去了。我对她俩比对自己的亲生孩子还要好呢。"

"她们俩是谁的孩子呢?"

九

那女人便讲起来:"那是差不多六年前的事了。不到一个星期,这两个小女孩就成了孤儿:星期二父亲刚下葬,星期五母亲就去世了。父亲死后三天这两个女儿才出生,可她们的母亲生下她们后也没活过一天。当时我和丈夫在乡下务农,我们两家是邻居,紧挨着住。他们家里唯一当家的男人在树林里干活。有一回,一棵树被放倒时拦腰砸在了他身上,内脏都被压了出来,抬回家的时候就已经死了。就在那个星期,他的妻子生了一对双胞胎,也就是这俩孩子。生完孩子后,她就孤零零地离开了人世。

"第二天一早,我去他们家探望时,一进屋就发现那个可怜的女人身体已经僵硬了。她去世的时候身子倒在了这个女孩身上,压瘸了她的一条腿。乡亲们都赶了过来,为那女人清洗身子、入殓(liàn)、下葬,全都是好心人在帮忙。两个女娃怎么办?村妇中当时就只有我在给孩子喂奶,我头胎生的是男孩,当时他才七个多星期大,于是我便把她们抱回自己家暂时养着了。农夫们围在一起想办法,然后对我说:'玛丽娅,你先养着这俩孩子,我们再想想办法。'我先给这个腿没毛病的小家伙喂奶,腿瘸的那个我没喂,也没觉得她能活下来。后来我想,为什么要亏待这个小天使呢?我心疼她,于是,也给她喂了奶。自己一个孩子,外加这两个,我一共要喂养三个孩子!幸亏我当时身强力壮,营养又好,上帝赐予我的奶水多得咕噜咕噜往外冒。我经常先给其中两个喂奶,让第三个等会儿,等其中一个喂饱了,再把第三个抱起来喂。上帝让这俩孩子长大成人了,而我亲生的孩子第二年就夭折了。后来上帝再也没赐给我孩子,可生活却过得越来越好。现在,我们在商人的磨坊里做工,钱挣得不少,日子过得也不赖,但就是没有自己亲生的孩子。要是我没有这俩女孩,我一个人该怎么度日呢?我怎能不爱她们呢?她俩是我心尖上的宝贝啊!"

女人一只手抱着腿瘸的小女孩,另一只手一直抹脸颊上的泪水。

玛特廖娜叹气道:"可见俗话说得好:没爹没娘,活着不难;没有上帝,活不下去。"

他们聊完后,女人站起来准备离开,谢苗和玛特廖娜送她出门。他们回过头,看向米哈伊尔,发现他正坐在窗前,双手交叉放在膝盖上,望着天空微笑。

＋

谢苗朝他走去，问道："米哈伊尔，你怎么啦？"

米哈伊尔站起来，放下手中的活儿，解下了围裙，向谢苗和玛特廖娜鞠躬，说道："请原谅我，谢苗，上帝已经原谅了我，也请你们原谅我。"

谢苗见米哈伊尔全身发光，也站起来朝米哈伊尔鞠躬，说道："米哈伊尔，我能看出来你并非凡人。我没法留住你，也没法盘问你。我只想请求你告诉我，为什么当初我发现了你，把你带回家时，你愁眉不展；当我妻子把晚饭端给你吃时，你却冲她笑了，并且从那之后都高兴起来了？后来那位老爷来做靴子，你又笑了，而且从那以后更开心了一些？为什么这个女人带着女孩们来这里时，你第三次笑了，并且不开心的样子完全消失了？米哈伊尔，告诉我，你身上为什么在发光，你为什么笑了三次？"

米哈伊尔说："我身上发光是因为上帝原本在惩罚我，现在他原谅了我。我笑了三次是因为我懂得了上帝要我明白的三个道理。当你妻子同情我时，我明白了第一个道理，所以我笑了第一次；当那富人定做靴子时，我明白了第二个道理，所以我笑了第二次；当今天我看到这俩小姑娘时，我明白了最后一个道理，所以我笑了第三次。"

谢苗说："米哈伊尔，那你说，上帝为何要惩罚你，你又明白了上帝的哪三个道理呢？"

米哈伊尔说:"我被上帝惩罚是因为我违背了他的意愿。我原本是天使,却违背了上帝的旨意。上帝让我去取一个女人的灵魂。我来到人间,看见一个女人在病榻上,她生了一对双胞胎女儿。两个女娃在她身边爬着,女人没有力气喂她们吃奶。

"她见了我,明白我是上帝派来取她的灵魂的,便朝我哭诉道:'天使啊!我的丈夫被树砸死了,刚刚下葬。我没有亲戚姐妹,没有人可以帮我把孩子们拉扯大。你先别拿走我的灵魂,让我把孩子们养育成人!没爹没娘的孩子们是活不下去的啊!'

"我听了她的话,便让她继续给小女孩喂奶,自己飞回到了上帝那儿,告诉上帝我没法取走一个产妇的灵魂。她的丈夫不久前刚被树砸死,自己又生了对双胞胎,她央求我不要取走她的灵魂,她想把孩子们养育成人,孩子们没爹没娘是无法活下去的。于是,我就留下了她的灵魂。

"上帝说:'你把这产妇的灵魂取走,你就会明白三个道理:人心里有什么、什么是人无法得到的、人靠什么活着。等你弄懂了这三个道理再回来吧。'于是,我又来到人间,将这个产妇的灵魂取走了。

"两个女娃从母亲的胸前滚落,女人的尸体倒在床上,压住了其中一个女娃,还压瘸了她的一条腿。我从村庄飞到天上,想把灵魂献给上帝,可一阵风吹折了我的翅膀,产妇的灵魂便自己飘到上帝那儿去了,而我却摔落在了人间,倒在了路边。"

十一

谢苗和玛特廖娜这下才知道,这个他们供其吃穿、与他们同住的人究竟是谁。夫妻俩十分惊讶,喜极而泣。

天使说:"我一个人一丝不挂地走在田野里,以前我不明白人间疾苦,没尝过饥寒的滋味。变成人后,我又冷又饿,不知所措。在田野里我发现有一座为上帝而建的小礼拜堂,便走了过去,想在那里住下。可是小礼拜堂被锁上了,我进不去,因此我在小礼拜堂外面坐下避风。天黑了,我冻僵了,饥肠辘辘,筋疲力尽。这时,我忽然听到有人走动的声音,这个人他拿着一双靴子,边走边自言自语。这是我沦落人间后,第一次看见死气沉沉的凡人。我害怕极了,就转过身来背对着他。我听见这个人在嘀咕着冬天他该穿什么,该怎么养活妻儿。我心想:'我又冷又饿,都快要死了,而这人却只关心着怎么给自己和妻子做一件御寒的皮袄,怎么才能弄到面包来填饱妻儿的肚子,他是不会帮我的。'这个人见了我眉头紧皱,更加害怕地从我身边走过,我十分绝望。突然,我听见他往回走的脚步声。我抬起眼睛一看,那个人变了一副模样,他原本死气沉沉的脸突然变得生机勃勃,仿佛上帝浮现在他的脸上。他朝我走来,给我穿上衣服,带我回家。我到了他家,他的妻子迎面发了一通牢骚。这女人比她丈夫还要可怕,死亡的气味从她的嘴里冒出,死亡的恶臭让我无法呼吸,她想让我回到冰天雪地里去。我明白,要是她把我赶走，我肯定会死去。这时，她的丈夫对她提起上帝，她的心马上软了下来。她端出晚饭给我们吃的时候，她看着我，我也看着她，她不再死气沉沉，而是生机勃勃，我在她的脸上也看到了上帝。

"我想起上帝说的第一句话：'你会明白人心里有什么。'我懂得了，人心里有爱。上帝已开始揭示他答应给我的东西，我为此感到高兴，所以，我第一次笑了。但我还没完全弄明白，我还不明白人无法得到什么、人靠什么活着。

"我在你们家生活了一年后，有个人要做一年内穿不坏、不开裂变形的靴子。我瞧了一眼，忽然在他身后发现了我的朋友——死亡天使。这位天使除了我以外没人能看见。我知道他的出现预示着在太阳下山之前这个胖老爷的灵魂就会被取走。于是我想：'这个人要给自己准备能用一年的东西，可是却不知道他自己活不过今晚。'我想起了上帝说的第二句话：'你会明白什么是人无法得到的。'

"人心里有什么我已经明白了,现在我又懂得了什么是人无法得到的,那就是人们不知道他们的肉体究竟需要什么,所以我第二次露出了笑容。我高兴是因为我见到了朋友死亡天使,并且上帝为我揭示了第二个道理。

"但我还没完全弄明白,人靠什么活着。我继续住在这里,等待上帝向我揭示最后一个道理。终于在第六年的时候,来了一对双胞胎女孩和一个女人,我马上认出了这两个女孩,明白她俩是如何活下来的。我心想:'那位母亲为自己的孩子向我求情,我同意了,以为没有爹娘这两个女孩就活不下去,可实际上是一个陌生女人将她们俩抚养长大。'这个女人因为疼爱别人家的孩子而流泪,我在她身上看到了真正的上帝,我也明白了,人靠什么活着。我明白,上帝告诉了我最后一个道理并原谅了我,因此我第三次露出了笑容。"

十二

　　天使的身体露了出来，他浑身散发着光芒，用肉眼几乎无法看向他。他的声音更洪亮了，仿佛这声音并非来自他体内，而是来自上方。

　　天使说："我明白了，人并不是靠关心自己而是靠爱活着。那位母亲不明白，她的孩子活下去需要什么；那个富人不明白自己真正需要的是什么，也没有人能预见，天黑之前他需要的是一双活人穿的靴子还是死人穿的便鞋。

　　"当我变成人的时候，我并不是靠关心自己活了下来，而是靠一个路人和他妻子的爱，他们同情、关爱我；两个小女孩能活下来靠的也不是靠自己为自己操心，而是靠着陌生女人的爱，她同情、关爱她们。大家都不是靠关心自己活着，而是靠别人心中的爱。

　　"从前我只明白，上帝赋予人生命，让人活着，而如今我明白了更多道理。

　　"现在我明白了，上帝不希望人们单独生活，因此故意不让他们明白自己需要什么。他想要人们一块儿过日子，所以让人们知道，为了自己、也为了群体，他们需要的是什么。

　　"现在我懂得了，人们以为他们靠关心自己活下来，实际上他们能活着完全是靠爱。住在爱里的人，就是住在上帝的体内，上帝也住在他的体内，

因为上帝就是爱。"

天使唱起了对上帝的颂歌,小木屋因他的歌声而颤动。屋顶被打开了,一根火柱连接天地,谢苗和妻儿纷纷拜倒。

天使长出了一对翅膀,飞到天上去了。

谢苗一觉醒来,屋子还和以前一样,屋里只有他的妻儿,没有别人。

高加索的俘虏

一

有一位青年在高加索当军官，大伙儿都叫他日林。

一天，家乡的老母亲给他来信说："我已经老了，很想在临终前再见上你一面。盼望儿子你能归来与我告别，然后将我安葬，愿上帝保佑你能回到军中继续服役。我已经为你选好了未婚妻，她聪明善良、家产丰厚。如果你喜欢她的话，就与她成婚，我便再无牵挂。"

日林思索着："母亲的身体已经不行了，我很可能会见不到她最后一面。我一定要回家一趟，要是未婚妻真的不错，我就和她完婚吧。"

他向上校打了休假报告，与战友们告别后，又请自己手下的士兵喝了四桶伏特加，便准备启程。

此时，高加索附近正在打仗，无论白天黑夜，路上都不安全。只要有俄国人走出要塞，鞑靼（dádá）人要么会将他们打死，要么会将他们绑进山里。因此俄国人规定，要塞间每个星期会派两次军队护送行人往来。士兵在队伍前后护送，行人们走在队伍中间。

当时正值酷夏，一大清早，要塞出口处便集合好了车队，护送的士兵到了之后一块儿上路。日林的行李在车队中间，他自己则骑着马。

他们要走二十五俄里①，车队走得很缓慢。不是士兵要歇息，就是车轮出了毛病，要不就是马不肯走了，车队只能停下来休整。

半天过去了，车队还有一半的路程要走。此时漫天尘土，酷热难耐，太阳火辣辣地烤着大地，一块阴凉地儿也没有。放眼望去光秃秃的一片，别说大树了，连灌木丛都见不着。日林骑着马走在车队前面，他停下来等待着缓慢行进的车队。这时，一阵号声传来，车队又停了下来。日林心想："如果没有士兵护送，我一个人就走不了吗？我骑的可是匹好马，即使我遇到了鞑靼人，也是能逃走的……或者保险起见，我还是和士兵们一块儿走？"

他正在思考时，一个名叫科斯特林的军官带着枪骑着马过来对他说："日林，咱俩单独走吧！这么热的天，咱俩又累又饿，我的衬衫已经湿透了，都可以拧出水了。"科斯特林肥胖又笨重，他的脸被热得红通通的，汗

---

① 俄里：俄制长度单位，1 俄里 ≈ 1.0668 千米。

如雨下。

日林想了一会儿，问他："你的枪里有子弹吗？"

"有。"

"那走吧。但是说好了，咱俩不能走散了。"

他们沿着道路向前走着。他们在草原上边走边聊，四处张望，周围的视野很宽阔，可以看到很远的地方。

他们走过了草原，道路延伸进两座山之间的峡谷。日林说："咱们得到山上去看看，不然，要是有人从山后跳出来，咱俩都发觉不了。"

可科斯特林说："有什么好看的？直接往前走吧。"

日林不同意："不行，你在下面等等我，我去山上看看就回来。"

日林将马头掉转，骑马上了左面的山。日林的马是匹猎马，他用一百个银币从马群中挑出了它，并亲自将它从小马驹喂养长大。它像长了翅膀一样驶上峭壁。上了山后，日林发现他前方十米处有大约三十个骑马的鞑靼人。他见了之后立刻掉转马头，往反方向奔跑。

鞑靼人看见他后便朝他冲来，他们边飞速疾驰，边掏出手枪。日林全速冲下陡崖，对科斯特林喊道："快掏枪！"心里对自己的马说："亲爱的，坚持住，可别摔倒了，你要是摔倒了，我就完蛋了。只要我们有枪，他们就没法得逞。"

可是科斯特林并没有等日林，他一见到鞑靼人，就拼命地往要塞方向逃去。他用力挥鞭，猛抽马的两肋，日林只能看见马尾在浓密的尘土中摆动。

日林见情况不妙，枪被科斯特林带走了，只凭一把军刀是无济于事的。他只好策马回转，朝护送他们的士兵驰去，心想这样或许能够摆脱鞑靼人。但是来了六个鞑靼人挡住了他的去路。

他骑的是好马，但鞑靼人的马更好，并且横在路上。他想减速，掉转马头，可马已经撒开了腿，收不住势，径直朝六个鞑靼人冲去。他看到一个骑在灰马上的红胡子鞑靼人离他越来越近了，这鞑靼人龇牙咧嘴地怪叫着，手里端着一把枪。

"哼，"日林想，"我对你们这群魔鬼了解得一清二楚，要是把我活捉了，肯定会把我捆起来扔进坑里，用鞭子抽我。我才不会被你们活捉。"

日林人小却胆大，他抽出军刀，策马向红胡子冲去，心想："要么我骑马撞你，要么用刀砍你。"

当日林离红胡只差一匹马的距离时，有人从后面对着日林开了几枪，击中了他的马。马在狂奔中摔倒在地，压住了日林的一条腿。

日林试图爬起来，可两个臭烘烘的鞑靼人已经压在了他的身上，将他的双手反按在背后。他使劲反抗，想挣开背后的鞑靼人，但又有三个鞑靼人从马上跳下来，用枪托使劲击打他的头部。他眼前发黑，身子开始摇晃起来。鞑靼人抓住他，从马鞍上解下备用的马肚带，将他的双手捆上了带有鞑靼人特色的绳结，将他拖到了一匹马跟前。鞑靼人打掉了他的帽子，抢走了他的靴子，把他全身搜了个遍，又抢走了他的钱和手表，撕烂了他的衣服。日林回过头看向自己可怜的马，它还和刚倒地时一样侧躺着，只有马蹄还在颤动，但够不着地面。它的头部被打了个洞，洞里涌出黑色的血浆，将周围的尘土浸成了黑色。

一个鞑靼人走过来卸马鞍。马不停地挣扎，鞑靼人掏出匕首，朝它的脖子划了一刀。马发出一声长啸，抽搐了一下之后，断了气。

鞑靼人卸下了马鞍和马具，红胡子骑上马，其他人把日林抬到了他的马背上。

为了防止日林掉下来，他俩被拦腰捆在一起，往山中驰去。

日林在红胡子后面摇摇晃晃地坐着，他的脸总是埋进鞑靼人臭烘烘的脊背里。他眼前只能看到鞑靼人健硕的脊背、青筋凸起的脖子。日林的头部受了伤，流出来的血凝固在了眼睑上。他既没法换个骑马的姿势，也没法擦去凝血，他的双手被紧紧地绑在背后，锁骨酸痛得很。他们骑了很长一段时间，翻过了一座又一座山，又蹚过一条河，才驰上大道，骑进了山谷。

日林想记下路线，好知道自己要被带去何方，可是血糊住了他的眼睛，身子也没法转动。

天色渐渐暗了下来。在蹚过了一条河又登上一座石山后，他们终于闻到了炊烟味，听到了狗叫声。他们进了一个鞑靼山寨。鞑靼人下了马，一群鞑靼孩子走了过来，围住日林。他们尖声大叫着，显得非常兴奋，然后便开始

朝他扔石子。

红胡子鞑靼人赶走了孩子们，把日林从马背上解了下来，然后叫来了自己的帮工。

一个高颧（quán）骨的诺盖人应声跑了过来。他身上只穿着一件破了的衬衫，胸膛裸露了出来。鞑靼人吩咐了他几句，他便拿来了足枷（jiā）：几个铁环把两块橡木连接在一起，其中一个铁环有锁扣和锁。

他们把日林的双手解开，在他脚上戴上足枷，然后将他带进一间板棚，把他推了进去，并锁上了门。日林被推倒在了一堆牲口粪上，过了一会儿，他在黑暗中摸索到了一处略微柔软一些的地方，躺了下来。

二

日林几乎一夜没睡。现在这个时节，白昼比黑夜长，他看见墙缝里透进了些许曙光，于是站起来，把墙缝挖大了一些，往外看。

他看到有一条路通往山下，右边有一座鞑靼式的平房，房子旁有两棵树，门槛上躺着一条黑狗，一只母山羊和几只小羊羔正摆着尾巴来回走动。他又看到了一个从山下走上来的鞑靼女人，她身穿宽腰花衬衣和一条长裤子，脚踩一双靴子，头上罩着一件男式长袍，顶着一个装满水的大洋铁罐。她弓着背走着，背上的肌肉微微颤动，一只手还拉着一个只穿了一件衬衫的光头小男孩。鞑靼女人顶着水罐进了平房,从里面走出了昨天的那个红胡子鞑靼人,他身穿绸面的长大衣,皮带上挂着一把银匕首,脚上穿着鞋,头上戴一顶羊皮高帽,帽子被推到脑后。他走到屋外,伸了伸懒腰,抚摸了一下自己的红胡子,站了一会儿后,吩咐了帮工几句,就出去了。

之后,来了两个骑马去喝水的小孩儿,他们的马在打着响鼻。然后一群光头小孩也跑了过来,他们只穿着衬衫,光着屁股,成群结队地朝板棚方向走来,他们捡起树枝塞进墙缝。日林对他们大喝,孩子们尖叫着跑开了,只能看到他们晃动的光溜溜的膝盖。

日林感觉喉咙很干,想要喝水,心想哪怕有人过来看看他也好。突然,他听到有人在开锁,进来的是红胡子鞑靼人和一个比他稍矮的人。这个人肤色黝黑,有一双又黑又亮的眼睛,面颊红润,他留着修过的短须,总是笑盈盈的。这个人穿得比红胡子更好:缀着金边的蓝色绸面袄子,一把大银匕首挂在腰带上,缀着银边的上等羊皮红鞋,一双宽大的皮鞋套在红鞋外面,还有一顶羊皮高帽戴在头上。

红胡子进来说了几句,好像在和谁对骂,然后就把手肘撑在门框上,摆弄着匕首,像狼一样斜视着日林。那个黑脸鞑靼人十分灵活,身上好像装着弹簧,他径直走向日林,蹲下来对他挤眉弄眼,他拍了拍日林的肩膀,嘟囔了一连串鞑靼语。他龇牙咧嘴,弹着舌头,一直说着:"好,乌罗斯!好,乌罗斯!"

日林什么也没听懂，一直说着："请给我水喝！"

黑脸人哈哈大笑，仍用鞑靼语嘟噜着："好，乌罗斯！"

日林用嘴唇和手势告诉他们他想要喝水。

黑脸人看懂了，又笑起来，瞧了瞧门外，喊道："吉娜！"

跑进来一个小姑娘，她十分瘦小，年龄约莫有十三岁，长得像黑脸人，很明显，这是他的女儿。她的双眼也是又黑又亮，面容姣好，穿着袖子宽大的蓝色长袍，长袍的下摆、前胸和袖口缀着红边，她的腰上没系腰带。她穿着长裤和皮鞋，皮鞋外套着高跟鞋，脖子上挂着一串五十戈比的银币，她没有头饰，只绑着一条黑辫子，辫子里编着带有金属的小圆牌和穿满银币的丝带。

父亲和她说了几句话。她跑出门去，很快，带着一铁罐水回来了。她把水拿给日林后，蹲在了地上，她弯下身子，两个肩膀压得比膝盖还低。她睁着大大的眼睛看着日林，看他是怎样喝水的，就像在观察一只野兽。

日林把水罐还给她，她却跳开了，就像一只野山羊一样，她的父亲也因此大笑起来。父亲让她去做其他事儿，她拿着水罐跑了，然后又拿来一块盛有面包的圆木板，弯下腰蹲着，目不转睛地盯着日林看。

鞑靼人走出板棚，锁上了门。

过了一会儿，那个诺盖人过来对日林说："走！主人，走！"

诺盖人也不会俄语，但日林猜到他是要带自己去一个地方。

日林拖着木枷一瘸一拐地走着,他无法迈大步子,也无法转向。他跟着诺盖人出门后,映入眼帘的是一座有着十来户人家的鞑靼村庄,还有一座带塔楼的清真寺。三匹带鞍的马停在了一户人家前方,有几个小孩正在拉马的缰绳。黑脸人从这户人家的屋里跳出来,朝日林挥手,叫日林往他那儿走。他面带微笑,用鞑靼语说了几句,又走进屋里。日林进屋后看见一间漂亮的房间,人们用泥把墙壁抹得光亮。色彩斑斓的绒毛被褥堆在正面墙角里,侧面墙上挂着昂贵的毯子,镶银的步枪、手枪和军刀挂在毯子旁边的墙上。一侧墙角里嵌有一个小炉,和地面一样高,光洁的地面好似打谷场,地上铺着毡子,毡子上又铺了地毯,地毯上再放上绒毛坐垫。不穿套鞋的黑脸人、红胡子和三个客人坐在地毯上,他们都背靠绒毛靠垫,一块圆木桌摆在他们面前,上面有黍子饼、牛油和名为"布扎"的鞑靼啤酒。他们用手吃饭,满手都是油。

黑脸人一跃而起,让帮工领日林在一旁坐下,只不过不是坐在地毯上,而是坐在泥地上。然后他又坐到地毯上,请客人吃黍子饼、喝布扎酒。

帮工让日林坐下后,自己也脱了套鞋,把自己的套鞋和别人的套鞋搁在一起。他坐在离主人很近的毡子上,看着他们吃东西,口水不住地流。

鞑靼人吃过饼后,进来一个鞑靼女人,她与那个小姑娘穿着一样,只不过她的头上裹着头巾。她把牛油和黍子饼撤下,又把一只漂亮的木盆和一只细颈水罐拿出来。男人们洗完手后,跪在那里双手捧起,手心朝上,开始祈祷。他们用鞑靼语聊了会儿后,其中一个客人转向日林,说起俄语来。

"卡济·穆罕默德抓了你,"他指着红胡子,"你被他献给了阿卜杜拉·穆拉特,"他又指了指黑脸人,"你现在是阿卜杜拉·穆拉特的仆人。"

日林沉默了。

阿卜杜拉·穆拉特开始说话,他指着日林,笑着说:"士兵,乌罗斯,好,乌罗斯。"

翻译说道:"他要你给家里写信拿赎金,他一收到钱,就把你放了。"

日林思索了一会儿，问道："他要多少赎金？"

鞑靼人商量完后，翻译说道："三千卢布。"

"不，我可没那么多钱。"日林说。

阿卜杜拉一跃而起，开始挥动双手，用鞑靼语对日林说话，以为日林能听懂。翻译把鞑靼语翻译过来："那你能给多少？"

日林想了片刻，说："五百卢布。"

鞑靼人听了，突然就吵了起来。阿卜杜拉对红胡子嚷嚷着，语速极快，滔滔不绝，而红胡子只是在那儿眯眼弹舌头。不一会儿，他们安静了下来。

翻译说："主人觉得五百卢布太少了，他光买下你就花了两百卢布。卡济·穆罕默德欠主人钱，就抓你抵债。三千卢布，少一点都不行。如果你不写信回家，他们就会把你扔到坑里，用鞭子抽你。"

日林想："哼，和他们打交道，越胆怯，事情越糟。"

于是，他霍地站起来，说："你对这浑蛋说，他如果想威胁我，那我一个戈比也不会给，我是不会写信回家的。我从不懦弱，更不怕你们这群浑蛋！"

翻译把话转达给了鞑靼人，鞑靼人又吵了起来。他们吵了好一会儿，黑脸人突然蹦起来，朝日林走来。

"乌罗斯，"他说，"吉吉特，吉吉特，乌罗斯！"

"吉吉特"在鞑靼语中的意思是"好样的"。他面带微笑，对翻译说了些什么，接着翻译对日林说："那就给一千卢布吧。"

日林不同意："我只有五百卢布，多的给不了。如果你们打死我的话，那么一分钱也拿不到。"

鞑靼人又讨论了一会儿，叫帮工出去，他们一会儿看看日林，一会儿望向门外。帮工带了一个衣衫褴褛（lánlǚ）的胖子回来，他光着脚，也戴着足枷。

日林大吃一惊，认出了这人是科斯特林，他也被鞑靼人捉住了。鞑靼人让他们坐一块儿，他俩说起话来，而鞑靼人一声不吭地看着他俩。日林说了自己的经历，科斯特林说，他的马后来走不动了，枪也没法打响，最后，他被追上来的阿卜杜拉抓住了。

阿卜杜拉蹦起来，用手指向科斯特林，嘟噜了些什么。

翻译说，现在阿卜杜拉是他俩的主人，谁先交出赎金，他就先放了谁。

接着，翻译又对日林说："你看，你总在这儿大喊大叫，你同伴的脾气比你好多了。他已经写信回家了，让家里送五千卢布来。他们会给他好吃的好喝的，会善待他。"

日林说："随你们的便。我的同伴可能很有钱，但我没钱。我会按之前说的办。你们要是想杀我，就会一无所获。如果多于五百卢布，我绝不写信回家。"

大家安静了片刻，阿卜杜拉忽然蹦了起来，他拿出了一个小箱子，又把

一小张纸、笔和墨水从里面掏出来给日林,拍了拍他的肩膀,示意道:"写吧。"这鞑靼人妥协了,同意只要五百卢布。

"等一下,"日林对翻译说,"你跟他说,他要给我们吃好的,喝好的,穿好的,把我俩关在一块儿,这样我们会高兴点儿。而且要卸下足枷。"他微笑地看着主人,主人也朝他笑。

主人听了后,说:"我会给他们穿最好的,一件华丽的衣服和一双长筒靴，简直可以直接去成亲了。他们的伙食也会很好。他们如果想住一块儿，那就住板棚。但不能卸下足枷，免得他们逃跑，只有晚上才能给他们卸下。"他蹦到日林面前，拍了拍他的肩膀，"你的好，我的好！"

日林把信写好了，不过是乱写的，这样才寄不到家里。他心想："我一定要逃走。"

鞑靼人领着日林和科斯特林进了板棚，给他们拿来了一些玉米秸、一罐水、些许面包、两件穿旧的长袍和两双军用破长筒靴，很明显，这靴子是从去世的士兵脚上脱下来的。夜里，鞑靼卸下了他们的足枷，锁上了板棚门。

三

就这样，日林和同伴住了整整一个月。主人总是面带微笑地说："你的，伊万，好；我的，阿卜杜拉，好。"但他们的伙食很差，只有烤黍子饼吃，有的时候甚至给没烤过的生面团。

科斯特林再次给家里写信，总是指着家里人把钱送来，十分烦恼。他一整天都待在板棚里，要么数着信寄到的日子，要么躺下睡觉。而日林明白自己的信压根就寄不到，所以便不再写信。

他想："母亲上哪儿去凑这么多赎金啊？她的大部分生活费还靠我给呢。要是让她去弄五百卢布，不得让她倾家荡产？上帝保佑，我还是自己想法子吧。"

他一直在观察、摸索怎样才能逃跑。有的时候他吹着口哨在村里晃荡，有的时候他坐着做点儿手工活儿，捏泥人或者编树条筐。日林干起任何手工活来都是老手。

有一回，他捏了个泥人放在屋顶上，这个泥人有鼻子和手脚，穿着鞑靼衬衫。

鞑靼女人们出门去打水，主人的女儿吉娜看见了泥人，把其他女人都叫来看。她们把水罐放下，看着泥人笑。日林把泥人从屋顶上取下来想给她们。她们只是笑着，不敢去拿。于是他把泥人留下，自己进了板棚，观察着后面发生的事。

吉娜跑了过去，转过头瞧了瞧，拿了泥人就跑。

第二天一早，吉娜捧着泥人出门，她已给那个泥人裹上了红布头，就像哄小孩一样放在怀里摇着它，嘴里用鞑靼语哼着曲儿。一个老太婆走出来骂了她，抢走了泥人，将它摔碎，叫她去别的地方干活。

日林又捏了个更好的泥人送给吉娜。有一回，吉娜来给他送水，她放下水罐，坐下来笑着看他，用手指着水罐。

"她为什么这么高兴呢？"日林想。他把水罐拿起来喝，本以为会是水，而实际上是奶。他喝了奶，说道："好！"

吉娜非常开心。

"好，伊万，好！"她拍手跳起来，带着罐子跑了。

从那以后,她每天都会私下给日林送奶。当鞑靼人把山羊奶做的奶酪饼放在屋顶上晒干时,她就把饼偷来给日林。有一回,她的父亲宰羊,她就在袖子里藏了一块羊肉,带来给他,放下后就跑了。

有一回电闪雷鸣,倾盆大雨下了整整一个钟头。所有的溪流都因涨水而变得浑浊不堪,水位上升了三俄尺①,石头都被冲了下来。溪水四处流淌,

---

① 俄尺:俄制长度单位,1俄尺≈0.711米。

隆隆声响彻山间。雨天后的村子积水成河。日林从主人那儿拿了把小刀，砍了根小轴和几块木板，把它们做成轮子，又把木偶安在了轮子的两头。

小姑娘们送来布头，他拿这些布头打扮木偶，把其中一个打扮成男人，另一个打扮成女人。日林将轮子放在河里，轮子转了起来，木偶们也跟着上下跳动。

小男孩、小女孩、女人、男人，全村人都来围观。他们弹着舌头夸道："哎呀！乌罗斯！哎呀，伊万！"

阿卜杜拉有块坏了的俄国表，他把日林叫来，用手指着表，嘴里弹着舌头。日林说："拿给我吧，我给你修好。"

他拿小刀打开了表盖，修好后又盖上表盖，还给了主人。

主人十分开心，赏了他一件破破烂烂的短袄。日林无奈只好收下，也许夜里可以拿它来盖盖身子。

从那以后日林便出了名，人们认为他是能工巧匠。甚至有人从很远的村子里特地跑来找他修枪、修表。主人给了他一套工具，里面有镊子、钻子和锉子。

有一回，一个鞑靼人病倒了，村民去找日林："你去看看他吧。"日林不懂治病，但他还是去了，看完以后心想："他可能会自己痊愈的。"于是他回到板棚，把沙子和水搅匀，在一群鞑靼人面前对着水念咒，再让病人喝下去。日林十分走运，那个鞑靼人真的痊愈了。

慢慢地，日林也能听懂一些鞑靼语了。一些鞑靼人一有困难，就习惯性地找他，对他喊："伊万，伊万！"而另一些鞑靼人看他就像在看野兽。

红胡子不喜欢日林，一看到他就皱眉，要么转过身去，要么骂骂咧咧。还有个老头儿，他不住在村里，而是住在山下，只有在清真寺做祷告时日林才能见到他。他十分矮小，留着白如羽毛的短胡子，脸皱巴巴的，红得像块砖，鹰钩鼻，一双灰眼睛总是目露凶光，除了两颗犬牙，其他牙齿几乎都掉光了。他来清真寺时缠着头巾，拄着拐杖，像狼一样环顾四周。他一见到日林，就别过头，嘴里发出呼呼声。

有一回，日林到山下去，他想瞧瞧这老头儿到底住在哪儿。他顺着小路下山，看见一个围着石墙的园子，园子里种有车厘子树、杏树，还有一间平顶小木屋。他走到跟前一看，里面还有一些秸秆编的蜂房，蜜蜂嗡嗡地飞来飞去。老头儿在一个蜂房前跪着劳作。日林为了看得更清楚，爬高了一点儿，不料碰响了足枷。老头儿一回头，尖叫着从腰间拔出手枪，朝日林开了一枪。日林跑到石头后面，躲过了这一枪。

老头儿到主人那儿告状。主人叫来日林，笑着问："你上老头那儿去干什么？"

日林说："我没有干坏事，我不过是想瞅瞅他是怎么过日子的。"

主人把日林的话转达给老头儿。老头儿火气没消，低声嘟哝，龇出两颗犬牙，朝日林挥手。

日林没全听懂,但听明白了老头儿想要主人杀掉俄国人,不要把他们留在村子里。说完这些后,老头儿走了。

日林问主人:"这老头儿是谁呀?"

主人说:"他是个大人物哩!他以前是个头等骑手,打死了不少俄国人,曾经也很富有。他有过三个妻子、八个儿子,他们全都是一个村的。后来,俄国人洗劫了村子,杀了他七个儿子。最后一个儿子虽然活下来了,但投奔了俄国人。老头儿也投奔了俄国人,在敌人那儿待了三个月,找到了自己的儿子,并亲手杀了他,之后老头儿便逃跑了。从那以后,他不再打仗。他去了麦加朝拜,所以他要缠头。到过麦加的人叫'哈吉',他们都要缠头。他厌恶俄国人,所以要我把你杀掉。但我不能杀你,你是我花钱买来的,再说我还喜欢上了你。我不仅不想杀你,还不想把你放走,可是我已经对你做出了承诺。"

他笑着用俄语说:"你的,伊万,好;我的,阿卜杜拉,好!"

四

日林就这样在村里度过了一个月。

他白天要么在村子里走,要么做点儿手工活儿。夜深人静时,他就在板棚里挖洞。板棚里的石子很多,挖起来并不容易。他用锉子磨着石头,在墙脚挖了个能让人钻过去的洞。他想:"要是我了解地形,知道该跑去哪儿就好了,可鞑靼人并不愿意告诉他。"

他趁主人午后出门时,上了村子后山,想从那儿研究出一条逃跑的路线。但主人临走时吩咐自己的儿子严密看守日林。年轻人跟着日林,喊道:"别走!我父亲不让你走!你再走,我就喊人过来了!"

日林劝说道:"我不会跑远的,我只是上那座山去给你们采些治病的草药。你跟我一块儿去吧,我戴着足枷是跑不掉的。我明天给你做副弓箭。"

小男孩同意了,他们一起上山去了。那座山看上去并不远,但日林因为戴着足枷,走得很吃力。终于,他登上了山顶。日林坐在那儿仔细考察地形。午后,马群在山那边的谷地里游走,他能看见下面有一座村庄。这座村庄的前方还有一座山,比他登顶的这座山还要陡,那座山的背后依然是山,重峦叠嶂。山与山之间满是茂密的树木。在最高的那几座山上,白雪像糖一样覆盖住了山头。其中一座雪峰巍峨挺拔。无论晨昏,山都是一成不变的。峡谷中有些村庄冒着炊烟。

"嗯,"日林想,"他们的地盘就在这一块。"

他朝俄国的方向望去,那里有一条小溪,还有他现在居住的村子,村子的周围都是园子。小溪边有一群正在洗衣的妇女,从山上看下去,她们小得就像木偶一般。村庄后面是一座较矮的山,翻过那座山还有两座山,它们都被森林覆盖着。一块绿色的平地横亘在两座山之间,平地的远方似乎有轻烟升起。日林回想起来,以前他在要塞时,太阳在那儿升起又落下。很明显,他们的要塞应该就在那块平地上,所以得向这两座山之间逃跑。

太阳开始西沉,雪峰由白变红,炊烟从谷地里袅(niǎo)袅升起。落日的余晖把要塞所在的谷地照得仿佛在燃烧。日林仔细一看,有东西耸立在谷地上,就好像是从烟囱里冒出来的烟一样。他心想,这肯定是俄国的要塞,错不了。

时间已经很晚了,穆斯林阿訇(hōng)①的呼叫声传来。人们开始赶着牲畜回家,母牛在哞哞叫。年轻人催促道:"咱们回去吧。"

可日林真不想回去。

他们回去后,日林想:"好了,我现在把地形看清楚了,该逃跑了。"

---

① 阿訇:伊斯兰教的教职称谓,意为"教师""学者"。

他本想当天夜里就逃走,但那天晚上没有月光,一片漆黑,而且不巧的是,鞑靼人傍晚时分就回来了。他们平常都是赶着牲畜,神采奕奕地回来。但这次他们却没把牲畜赶回来,而是用马驮回了一具鞑靼人的尸体,这人是红胡子的兄弟。大家气冲冲地聚在一起,打算埋葬死者。

日林出门一看,他们正用麻布包裹着尸体,用悬铃木将尸体抬到村外,放在草地上。穆斯林阿訇来了,缠着头巾的老人们聚在一块儿,他们脱了鞋,并排坐在尸体前面。

阿訇在前面,三位缠头的老人在后面并排坐着,其他鞑靼人坐在他们后面。他们坐着,低头沉默着,默哀了很久。然后教士抬起头,说道:"安拉!"他说完后又低头沉默了很久。

大家坐在那儿纹丝不动。

阿訇又抬起头,说道:"安拉!"

大家一齐喊道:"安拉!"

接着安静了下来。死者躺在草地上,一动不动。其他人也死寂般地坐着,一动不动,只能听到悬铃木的叶子被风吹得沙沙作响。之后,阿訇念了一段祷词,所有人都站了起来,将尸体抬到一个坑前。这不是普通的坑,它挖得很深,好似一个地窖。众人扶着死者的腋下和脚踝,将他的身子蜷起来一点点地放下,他以坐着的姿势被塞进了洞里,双手被放在了肚子上。

诺盖人拿来青芦苇,人们把青芦苇铺在坑里,然后快速撒下泥土,填平了坑，又在死者头部上方竖了一块石碑，他们把土踩实后又在坟前并排坐下，长久地默哀。

"安拉！安拉！安拉！"大家呼喊后站起来。

红胡子给了老人一些钱，然后站起来，拿鞭子敲了三下额头，便回家了。

第二天早晨，日林看到一匹母马被红胡子牵出村，后面还跟着三个鞑靼人。他们刚一走到村外，红胡子就脱下了袄子，挽起袖子，露出了两只强健而有力的胳膊。他拔出匕首磨了磨，三个鞑靼人将母马的头向上抬起，红胡子走到马跟前，利落地宰了母马。媳妇和姑娘们过来将母马清洗干净带回家。接着，村里的人都来到了红胡子家吃丧酒。

大家吃了三天的母马肉，喝了布扎酒，缅怀死者。所有的鞑靼人都在家中没有出门。第四天正午，日林看见他们收拾了包袱，牵来了马，像是要去什么地方。包括红胡子在内一共有十个人骑马走了。只有阿卜杜拉还留在家中。新月刚刚冒了个头，天色还是很暗。

"没错，"日林想，"这会儿该跑了。"他和科斯特林说，可科斯特林不敢逃跑。

"怎么跑啊？咱们连路都不认得。"

"我认得路。"

"夜里咱们也走不到要塞。"

"如果夜里到不了,咱们就在树林里过夜,我备了些饼。你难道要在这儿干等?如果钱能送来,自然是好的,但万一凑不到呢?鞑靼人现在非常凶残,因为他们的同伴被俄国人杀了,他们正打算杀掉我们呢。"

科斯特林想了想,说道:"好,跑吧。"

五

日林钻进洞里,把洞挖得又大了一些,好让科斯特林也能钻出去。之后,他们坐下来耐心地等待着村民们入睡。

村民刚一睡下,日林就从洞里钻了出去,他低声对科斯特林说:"快爬出来。"科斯特林跟着也钻了出去,但他的脚不小心踢到了石头,闹出了声响。

主人家戒备森严,有一只名叫乌里亚申的花斑狗,十分凶猛。日林之前给它喂过食物。乌里亚申听到动静后一边叫着一边朝他们扑了过来,它的身后还跟着几条狗。

日林轻轻吹了声口哨,丢给乌里亚申一块饼,它立刻认出了日林,摇着尾巴,停止了吠叫。

主人听到了狗吠,从屋里朝外喊道:"嘿!嘿!乌里亚申!"

日林挠了挠乌里亚申耳后根,它不再叫了,摇着尾巴蹭着日林的双腿。

他们在屋角稍坐片刻。周围再度安静了下来，只能听见羊圈里一只绵羊的叫声和山坡下小石子间的溪水声。四下漆黑一片，空中繁星璀璨，山头上方的新月开始变红，它的钩朝上，正在下沉。山谷中雾气腾腾，像牛奶一样白。

日林站起来，对科斯特林说："喂，兄弟，走！"

他们上路了。刚走出几步，就听到教士在屋顶喊道："安拉！别斯米拉！伊利拉赫曼！"也就是说，村民要去清真寺了。他们停下脚步，躲在墙

角里坐了很久，等大家都走过去后，一切又恢复了平静。

"好吧，上帝保佑！"他们在胸前画了个十字，便继续上路了。他们经过园子，来到山下的小溪旁，接着蹚过小溪，到达了谷地。

雾虽然浓重，但只在低处，头顶上依旧星光闪耀。日林根据星星确定方向。雾气让人感到凉爽，行走起来十分轻松，只是日林的靴子不太合适，总是绊脚。日林索性脱下靴子，将它扔了，光着脚走路。他从一块石头跳到另一块石头，看着星星确定方向，但科斯特林却渐渐跟不上了。

"慢点儿走，"科斯特林说，"靴子不合适，磨得我脚疼。"

"那你把它们扔了，会舒服些。"日林说。于是，科斯特林也光起脚来，但是情况更糟糕了，他的脚总是被石头划破，他还是跟不上日林。

日林对他说道："脚皮破了，还可以再长，但如果被他们追上，命就没了。"

科斯特林没接他的话，一边走，一边大口喘气。他们在谷地里走了很久，终于，从右边传来了狗叫声。日林停下环顾四周，然后用手摸着爬山。

他叹了口气，道："咱们走错路了，太靠右了。这是另一个村子，我之前上山时见过它。咱们必须往回走，从左边进山，那儿应该有一片树林。"

科斯特林说："好歹等一会儿，让我喘口气吧。我两只脚都出血了。"

"哎，兄弟，都会长好的。你轻点儿跳，像我这样。"日林说。

日林开始往回走，从左边进山，而科斯特林依然跟不上他的步伐，一直在喘气。日林不停地走着,时不时朝他嘘一声。

他们上山后,发现果真有一片树林。他们走进林子,那里荆棘丛生,他们的衣服被扯破了好几处。走了好一会儿,他们总算发现了一条小路,于是开始顺着小路走。

"停!"路上突然传来了一阵蹄声,他们停下来侧耳倾听。嗒嗒的蹄声听起来像马在走,但又停下来了。他们一走动,蹄声就也跟着响起来,他们停下脚步,蹄声也跟着停下来。日林趴下来,朝光源望去,好像有什么动物站在路上,不像是马,它的背上驮着奇怪的东西,也不像人,因为能听到打响鼻的声音。

"什么怪物?"日林吹了声口哨,那东西立刻从路中央钻进了林子里,树枝发出噼里啪啦的声音,就像被风暴吹打着。

科斯特林害怕得趴下来,日林笑着说道:"是一只鹿。你听到它用角碰断树枝的声音了吗?我们怕它的同时它也怕我们。"

他们继续前行,北斗星已经移到了西边,天快亮了。然而,他们走的方向是否正确还不得而知。

日林回想着自己好像是顺着这条路被押来的,这里距离自己人还有大约十俄里,可没有准确的标志,又是夜晚,一时间难以分辨。他们走到一片林间空地,科斯特林坐了下来,说道:"你想怎样就怎样吧,我不想走了,我的腿走不动了。"

日林开始劝他。

"不，"科斯特林说，"我走不到了，因为我已经不能走了。"

日林生气了，对他吐了口唾沫，骂了他一通，然后说："那我自己走了，再见！"

科斯特林一听，立刻蹦了起来，跟在了他身后。

他们又走了四俄里。树林里的雾愈加浓重，眼前什么也看不清，天上的星星也变得朦胧难辨。

突然，前面传来了马蹄声，马蹄铁撞击石头的响声十分清晰。日林趴在地上，贴着地面倾听着："骑马的人朝我们这儿过来了。"

他们从小路中央撤到灌木丛里坐下，等待着。日林在路边观察，发现是个骑着马、赶着母牛的鞑靼人，他一边赶牛，嘴里一边叽叽咕咕地说着什么。

鞑靼人走过去后，日林回到了科斯特林身边："上帝保佑，起来吧，咱们走吧。"

科斯特林刚站起来就又倒了下去："我真的不行了，一点儿力气也没有了。"

科斯特林身材肥胖，出了一身汗，林中寒冷的雾气将他层层围住，脚也破了，所以他就像散了架一样瘫软。

日林吃力地扶他站起来，他却突然大叫起来："啊呀！好疼！"

日林惊呆了。

"你喊什么？鞑靼人还没走远，会被他听到的。"日林说道。他想："如果他真的筋疲力尽了。我该拿他怎么办？我不能丢下同伴不管。"

"好吧，"他说，"你站起来，你要是走不了，我就背着你走。"

他背起科斯特林，双手托住科斯特林的大腿，顺着路继续走："但是，看在上帝的分儿上,你别勒我的脖子啊,抓我的肩膀吧。"

日林走得很艰难,他的双脚在流血,他已经疲惫到了极点。他不时地弓下身子,将科斯特林往上托,背着他一路前行。

显然,那个鞑靼人听到了科斯特林的动静。

日林听到有人从后面跟上来,嘴里还喊着鞑靼语,他马上冲进了灌木丛里。

鞑靼人开了一枪,没打中,便用鞑靼语尖声喊着,沿路跑了。

"嗨,"日林说,"兄弟,咱俩完蛋了!这帮浑蛋肯定会召集一帮鞑靼人追我们。我们要是再不走出这三俄里,准得遭殃(yāng)。"

科斯特林说:"你自己走吧,何必让我拖累你呢?"

"不行,我不走,不能甩下同伴不管。"日林又把科斯特林背在了背上,缓慢前进。

他走了大概一俄里,四周还是树林,看不见出口。雾气慢慢散去,乌云似乎遮蔽了天空,已经无法看见星星。

日林疲惫不堪,他停在了路边一口石砌泉水井旁,放下科斯特林,说道:"让我休息会儿,喝点儿水吃口饼。咱们应该离要塞不远了。"

他刚一弯腰喝水,就听到身后传来马蹄声。

他们赶紧往右跑,钻进陡崖下的灌木丛里,躺下来。

他们听到鞑靼人在交谈,那些人停在了在他们刚刚离开的地方,商量片刻后，开始放狗搜寻他们。

灌木丛里传来树枝被折断的声音，一条面生的狗直接冲他们扑来，接着停下来狂吠。

鞑靼人顺着狗叫声找了过来，他们也很面生。他们抓住了日林和科斯特林，将他俩绑起来放在了马背上，押走了。

他们走了大概三俄里，遇上了阿卜杜拉和两个鞑靼人。

阿卜杜拉和他们商量了一会儿，将他俩抬到了自己的马上，准备将他们押回村里。

阿卜杜拉的笑容消失了，一句话也没和他俩说。

黎明时，他们回到了村里，他们俩被扔在路上。

孩子们围上来，用石子砸他们，用短鞭抽他们，叫声十分刺耳。

鞑靼人将他们团团围住，老头儿也上山来了，他们开始商量。

日林听懂他们是在讨论要怎么处置他俩。有的人说，得把他们送进深山，老头儿说："应该杀了他们。"

阿卜杜拉不同意，说道："我花钱买的他们，我要他们的赎金。"

可老头儿说："他俩才不会交赎金呢，只会整出乱子。再说了，养着俄国人本来就是罪过，宰了他们才是理所应当的事。"

人群散去后，主人朝日林走来，对他说："要是两个星期内我还见不到赎金的话，我就用鞭子抽死你们。要是你再跑，我就像杀狗一样杀了你。写信回家去,好好写!"

人们给他俩拿来了纸,他俩把信写好后,又被上了足枷,押到了清真寺后面。

那儿有个深约五俄尺的坑,他俩被推进了坑里。

六

他们的情况非常糟糕,足枷不能卸下,也无法见到阳光。人们就像

喂狗一样给他们拿来生面团和一罐水。坑里又臭又闷又潮，科斯特林完全病倒了，浑身浮肿酸疼，他除了呻吟就是在昏睡。日林也很懊丧，眼睁睁地看着事态朝不好的方向发展，却不知道该怎样摆脱现状。他又在坑里挖洞想逃跑，但没法处理挖出来的土，主人看见后说要宰了他。

有一次，他蹲在坑里憧憬着自由的生活，心里十分苦恼。忽然，一块面饼掉在他的膝盖上，接着又是一块，还有大樱桃撒落下来。他往头顶方向一瞅，是吉娜。她看了看日林，笑着跑开了。日林心想："吉娜能帮我逃走吗？"

他在坑底腾了一块地方，挖了点儿黏土，开始捏泥人。他捏了些小人、小马和小狗，想道："吉娜一来，我就扔上去给她。"

第二天吉娜没来。日林听到了马蹄声，附近有人经过。鞑靼人聚在清真寺旁，他们在争论和叫喊中提到了"俄国人"的字眼。日林还听到了鹰钩鼻老头儿的声音，但听得不是很真切，只能猜到他说，俄国人已经到了不远处，鞑靼人担心他们进村，现在不知道该如何处置他俩。

他们讨论了一会儿又走了。突然，日林听到头顶上方有"沙沙"声。他抬头一看，吉娜正蹲在那里，她把头埋在膝盖间，一俯下身子，脖子上的那串钱币便往下垂，在坑上方摇晃。她的双眼像星辰一样闪耀。她从袖子里取出两块奶酪饼扔给日林。

日林接住后，说道："你怎么这些天都没来？我给你做了玩具，拿着！"他把玩具一个个扔给她，她并不看那些玩具，只在那儿摇头。

"别做了。"吉娜说，她不出声地坐了会儿，说，"伊万，他们想把你杀了。"说罢用手指向自己的脖子。

"是谁想杀我？"

"是老人们要父亲杀了你。我真的很可怜你。"

日林说："你要是可怜我的话，就帮我找根长竹竿来吧。"

她摇头示意："不行。"

日林双手合十，哀求道："吉娜，求求你！我的好吉娜，帮帮我吧！"

"不行，会被发现的，他们现在全都在家里。"说完，吉娜便离开了。

夜里，日林坐着思考："接下来会发生什么啊？"

他不停地抬头仰望，能看到星星，但月亮还未升起。教士已经喊过了，村里一片寂静。日林打起盹儿来，心想："吉娜害怕了，不愿意帮我。"

就在这时，一块黏土落在他头顶。他向上仰头一看，有一根长竹竿立在坑边。竿子停了片刻，然后一点点地往坑里滑。

日林十分高兴，他抓住竿子向下拉，竿子很结实。他以前在主人的屋顶上见过这根竿子。

他朝上方望了望，忽闪忽闪的星星正高挂在天上，而在坑的上方，黑暗中闪烁着吉娜那双猫眼般的眼睛。吉娜把脸凑到坑边，小声说："伊万，伊万！"并用双手在脸旁挥动，让他别出声。

"怎么啦？"日林说。

"他们都出门了，家里只剩下了两个人。"

日林说："喂，科斯特林，咱们走吧，最后再试一次，我把你托上去。"

可科斯特林根本不想听他说话。

"不，"他说，"我看样子是逃不了了。我连翻身的力气都没有，还指望能去哪儿？"

"那就再见了，请原谅我。"日林告别了科斯特林。

日林让吉娜抓紧竿子，他开始往上攀爬。因为足枷的缘故，他滑下来了两次。科斯特林在下面将他托住，他好不容易才爬出了洞。吉娜笑嘻嘻的，两只小手用力拽住他的衣服往上拉。

日林抓住竿子，说道："吉娜，快把竹竿放回去。别人要是发现它不见了，会打你的。"

吉娜拖走竿子，日林开始朝山下走去。他爬到陡崖下，用一块尖利的石头砸足枷上的锁。可是锁异常牢固，怎样都无法砸开。他听见有人从山上轻快地跑跳下来，心想："准是吉娜。"

吉娜跑过来，抓起石头，说："我来试试。"

她跪着砸锁，可她的胳膊细如树条，使不上劲儿。她扔了石头，哭了起来。日林拿起石头接着砸，吉娜蹲在他旁边，扶住他的肩膀。日林回头，看见左面的山后显出一片红光,月亮就要升起来了,心想:"在月亮升起之前我得穿过谷地,走进林子里。"他扔掉石头,站了起来,就算是戴着足枷,他也得走。

"再见了,"他说,"好吉娜,我不会忘了你。"

吉娜抓住他,用手在他身上摸索,想找个地方再给他放几块面饼。日林接过她手里的面饼。

"谢谢你,好吉娜。"日林说,"我走了以后谁还给你捏泥人呢?"说罢,他摸了摸她的头。

吉娜掩面哭了起来,像只小山羊一样跑跳着上山去了。黑暗中,只能听到吉娜编在辫子里的钱币撞击她的背部发出的叮当声。

日林在胸前画了个十字,用手把足枷的锁拿起来,免得发出响声,顺着山路走去。他一瘸一拐地走着,时不时地看向月亮升起的那片红光。他认得路,得一直往前走大约八俄里。他蹚过小溪时,山后的红光已经发白。他在谷地里走着,一边走着,一边望向天空,月亮还没升起。那片红光已经亮了,谷地那边越来越亮。影子往山下移动,正逼近日林。

日林一直在山的影子里走,他快步走着,但月亮上升得也很快,已经将右边的树梢照亮了。他离树林已经很近了,月亮也已经从山后完全升起来了,它散发着白光,把四周照得宛如白昼,连树上的叶子都看得清清楚楚。山里一片死寂,亮如白昼,只能听到溪水的潺(chán)潺声。

日林走进林子，里面一个人也没有。他在林子里找了个阴影处坐下歇息。他吃了块饼，又找来石头开始砸锁，可他的双手被石头磨破了，锁仍然没能砸开。他站起来继续走，又走了一俄里，他已经精疲力竭，一双脚疼痛难忍，他强撑着走了差不多十步之后，停了下来。

"真是一点儿办法也没有了，"他想，"但是，只要我还有劲儿，就得一直走。一旦坐下，我就再也起不来了。今天是到不了要塞了。天亮的时候，我就躺在林子里休息，夜里继续走。"

他整整走了一个晚上，一共碰到了两个骑马的鞑靼人。他在很远处就听到了他们的声音，顺势躲到了树后，没被发现。

月光渐渐变得暗淡，下露了，这预示着天要亮了，但日林还没走出树林。他想："嗯，再走三十步，我就进树林里休息。"他走了三十步，终于看到了树林的尽头。山下闪着火光，篝（gōu）火逐渐熄灭，浓烟弥漫，火堆旁边有人在取暖。日林定睛一瞧，是一群哥萨克士兵，他们的枪在闪闪发光。他十分高兴，使出全身最后一点儿力气，走下山去，心想："上帝保佑，在这空地上可千万别被骑马的鞑靼人发现，虽然要塞已经近在眼前了，但如果还要逃的话，我依旧是逃不掉的。"日林刚想到这儿，就看见三个鞑靼人站在左边大约二十米处的山岗上。他们看到了日林，朝他冲来，他的心瞬间沉了，他挥动着双手拼命喊着："兄弟们！救命啊！"

哥萨克士兵们听见了日林的呼救，骑马疾驰而来，想挡住鞑靼人的去

路。然而哥萨克们离他较远，鞑靼人离他很近。

日林用最后一点儿力气抓起足枷，朝哥萨克的方向跑去，日林不停地画十字祈祷，嘴里喊着："兄弟们！兄弟们！兄弟们！"

一共有十五名哥萨克士兵。

鞑靼人因害怕而停住了脚步，日林跑到了哥萨克士兵跟前。

士兵们问道："你是谁？是干什么的？来自

哪儿？"

日林完全忘记了回答，边哭边说："兄弟们！兄弟们！"

士兵们纷纷围住日林，有人给他面包，有人给他粥，有人给他伏特加，有人给他穿上军大衣，还有人给他砸开足枷。

士兵们认出了他是谁后，便把他送回了要塞。士兵们都很兴奋，战友们都聚过来看望他。

日林给他们讲述了事情的全部经过，说道："这就是我回了趟家娶亲的经过！算了吧，我可没这好运气。"

后来，他继续在高加索服役。而科斯特林一个月之后才被赎回，并且花了五千卢布。他被送回军队时已经奄奄一息了。

雇工叶梅利扬和空鼓

叶梅利扬在主人家做工。有一天,他路过草地去上工时,发现有一只青蛙在他面前蹦跶,差点儿一脚踩在它身上。他小心翼翼地跨过青蛙,突然,听到后面有人在叫他。叶梅利扬一回头,一个漂亮姑娘站在他身后,那姑娘问他:"叶梅利扬,你为什么还不成家啊?"

"好姑娘,我如何成家呀?我什么也没有,没有人肯嫁给我的。"

姑娘说:"那你娶我吧!"

叶梅利扬当时就爱上了这个姑娘,说:"乐意之至。但咱们要怎么过日子呢?"

姑娘说:"这需要烦心吗?只要多干活儿少睡觉,咱们到哪儿都吃穿不愁。"

"好，"叶梅利扬说，"那咱们就结婚吧。但咱们要去哪儿呢？"

"咱们到城里去吧。"

于是，叶梅利扬和姑娘进了城。姑娘把他领到了城外的小屋里，他们就在那儿成了婚，安顿下来。

有一天，国王出城，路过叶梅利扬家门口时，叶梅利扬的妻子走到门外看热闹。国王见了她，惊叹她的美貌："怎么有这么美丽的女子啊！"

国王命人停下车，叫来叶梅利扬的妻子，问道："你是谁？"

"我是农夫叶梅利扬的妻子。"她答道。

"你如此美丽，为什么要嫁给一个农夫啊？"国王说，"你应该当王后。"

"多谢称赞，"她说，"但我觉得嫁给农夫挺不错的。"

国王又和她说了几句便走了。回了王宫，国王对叶梅利扬的妻子念念不忘。他一整晚都没睡着，谋划着怎么能够从叶梅利扬那儿把他妻子夺过来，但是他又没有任何办法。他将仆人们叫过来，命他们为自己出主意。

仆人们对国王说道："您可以让叶梅利扬来宫里当差，给他安排多多的活，他干活儿累死了，他的妻子就成了寡妇，您就能顺理成章地娶她了。"

国王觉得这个办法可行，派人找来叶梅利扬，要他来宫里做工，让他和妻子都住在宫里。

使臣来转达国王的旨意，叶梅利扬的妻子对丈夫说道："好吧，那你白

天做工,晚上回家。"

叶梅利扬到了王宫,王宫总管问道:"你怎么一个人来了?你妻子呢?"

"她有家,"叶梅利扬说,"我为什么要带她来?"

王宫给叶梅利扬安排了两个人干的活儿,他原本也没指着一天内能都干完,但傍晚时,他发现自己干完了所有的活儿。总管见他将所有活儿都干完了,第二天就给他安排了四个人的活儿。

叶梅利扬回到家,家里已经收拾得一尘不染,炉火很旺,晚饭也已经烧好了。妻子正在坐着织布,等他回来。一见到他,妻子就站起来迎接他,为他端上做好的晚饭,问他工作情况。

"情况不太妙,"他说,"我无法胜任他们安排的活儿,他们这是想拿活儿把我累死。"

"你心里别老想着活儿,"妻子说,"不要左顾右盼,不要老想着你干了多少,还得干多少。你只顾干你手上的活儿,准能按时干完。"

叶梅利扬上床睡下了,第二天早上又去宫里干活儿。他专心工作,从不回头。傍晚的时候,他干完了所有的活儿,天还没黑他就回家睡觉了。

宫里又给叶梅利扬加活儿,可叶梅利扬总能按时交差,回家睡觉。一个星期过去了,国王的仆人们发现粗活儿难不倒这个农夫,就给他安排细活儿。可是,细活儿也难不倒他,不管是木匠、石匠、泥瓦匠活儿,他全都能按时干完回家。

又一个星期过去了，国王叫仆人们过来，说道："你们是吃白饭的吗？这都两个星期过去了，也没见你们搞出什么名堂。你们想拿活儿累倒叶梅利扬，可我看他每天都在窗外哼着曲儿回家。莫非你们是在戏弄我？"

仆人们解释道："刚开始我们使劲用粗活儿折腾他，可是没用，所有的活儿在他手里干起来都跟扫地一样毫不费力。于是我们就拿细活儿折磨他，以为他不擅长，可他也没被细活儿难倒。他可真行，什么活儿都会干，准是他或者他妻子会妖术，可真是烦死我们了。我们要给他安排一个他干不完的活儿，要他在一天之内把一座大教堂盖好。您叫叶梅利扬来，让他一天内在王宫对面建好一座大教堂。如果他完不成，您就能以违抗旨意为由砍他的脑袋。"

国王召来叶梅利扬，说道："听好，我现在命令你，明天太阳下山之前，要在王宫对面的广场上盖一座新教堂给我。要是盖好了，我就奖赏你；要是没盖好，我就砍你的脑袋。"

叶梅利扬听了，转身回了家，心想："这下我要完蛋了。"

一回到家，他就对妻子说："快收拾一下准备逃走，不然咱们会白白送命。"

"怎么？"妻子说，"你害怕了，想逃跑了？"

"哪能不害怕呢？"叶梅利扬说，"国王要我在明天太阳下山前盖好一座大教堂，要是没盖好，我就会人头落地。现在，只有一条路可以走，那就是逃跑，趁现在还有时间逃。"

妻子反驳道："国王有那么多士兵，不管逃到哪儿都会被他们抓住，你逃不出他的手掌心。你现在还有力气，应当服从他的命令。"

"但是无法胜任的活儿我该怎么服从啊？"

"你别担心，先去吃饭睡觉，明儿早点儿起来，就能按时完工。"

叶梅利扬上床睡觉了，第二天一早，他被妻子叫醒。妻子说："快去把教堂盖完，给你钉子和锤子，你在那儿还有一天的活儿。"

叶梅利扬到城里一看，果然，广场中央已经矗（chù）立着一座崭新的大教堂，只差一点儿就完工了。他把剩下的活儿做完，傍晚的时候就已全部完工。

国王睡了一觉后，望向王宫外，看见广场上矗立着一座大教堂。叶梅利扬在来来回回地敲钉子。国王看到盖好的教堂，心里并不愉快，他很懊恼自己找不到理由处死叶梅利扬，也没法把他的妻子抢走。

国王又召来仆人们，对他们说道："叶梅利扬完成了这项任务，我没有处死他的理由。这个活儿对他来说还是太简单，必须要想个更刁钻的活儿。你们给我出出主意，不然我先处死你们。"

于是，仆人们想到一个主意，让叶梅利扬挖一条绕王宫流动、能行驶大船的河。国王叫来叶梅利扬，给他安排了这项新的任务。

"既然你能在一天内盖好一座大教堂,那你肯定也能完成这项任务。"国王说,"明天你必须按我的命令完成任务,要是完成不了,我就砍了你的脑袋。"

叶梅利扬更愁了,他闷闷不乐地回到家里。

"你愁什么?"妻子问,"是不是国王为难你了?"

叶梅利扬把事情告诉了妻子,然后说:"咱们得逃走。"

妻子说:"士兵会四处抓捕你,你逃不了的,只能听从命令。"

"我该怎么听从命令啊?"

妻子说:"你别担心,先去吃饭睡觉,明儿早点儿起来,就能按时完工。"

叶梅利扬上床睡觉了，第二天一早，他被妻子叫醒。妻子说："你去宫里吧，一切都办妥当了，还剩王宫对面码头上的一小堆土没铲。你拿着铁锹铲平它就行了。"

叶梅利扬进城去了，看见王宫周围果真出现了一条河，大船在河上行驶。他来到王宫对面的码头上，发现一块不太平整的地方，铲了起来。

国王睡醒起来，发现之前没有河的地方已经出现了河，大船在河上行驶，叶梅利扬正在将小土堆铲平。国王大吃一惊，他看见河与大船，心里并不痛快，他很懊恼自己找不到理由处死叶梅利扬。心想："这可怎么办？就没有他完成不了的任务。"

国王又召来仆人们，同他们一块儿商议。

"快给我想个让叶梅利扬没法做到的任务。不然，不管我们给他安排什么，他都能顺利完成，那我就没法把他的妻子夺过来。"

仆人们想啊想，终于想到了一个主意。他们对国王说道："叫叶梅利扬来，然后对他说：去你不知道的地方，拿你不知道的东西来，这样他就躲不过这一劫了。不管他去哪儿，您都说那地方不对；不管他拿什么东西回来，您都说他拿来的东西不对。这样您就能处死他，把他的妻子夺过来了。"

国王十分高兴，说："你们这回的主意可真妙。"

国王叫叶梅利扬过来，对他说："去你不知道的地方，拿你不知道的东西回来。你要是办不到，我就砍了你的脑袋。"

叶梅利扬回家后把国王这次的任务说给妻子听。

"这次仆人们给国王出的主意能让你没命，"妻子想了想说，"得好好思考一下才行。"

妻子坐着思考了好会儿，对丈夫说："你得去很远的地方一趟，去找一个乡下的老奶奶——一位士兵的母亲求助。你把她给你的东西直接带到王宫来，我会在那儿等你。这次我逃不了了，他们会强行把我带走，不过不会去很久。如果你一切按老奶奶说的做，那应该很快就能救我出来。"

妻子为丈夫收拾行李，把一个包袱和一个小纺锤递给了他，说道："你把这个拿给老奶奶，她就会知道你是我丈夫。"

妻子为丈夫指了路，叶梅利扬便动身了。他到了城外，看见正在操练的士兵，他站在旁边看着。士兵们操练后坐下休息，叶梅利扬走到他们跟前问道："兄弟们，你们知不知道，如何到你们不知道的地方，拿你们不知道的东西来？"

士兵们听了，都觉得奇怪，问道："你是谁派来的？"

"是国王。"叶梅利扬答道。

士兵说："我们从当兵起就是去未知的地方，并且总到不了；寻找未知的东西，并且总找不到。我们也没法帮你。"

叶梅利扬和士兵们坐了片刻，便继续赶路了。他走啊走，走进了一座森林，森林里有间小木屋，里面坐着一个老婆婆，她是个乡下老奶奶，也是一

位士兵的母亲。她边纺麻线边哭,她用泪水代替唾沫捻麻线。

老奶奶见了叶梅利扬,向他喊道:"你是来做什么的?"

叶梅利扬把小纺锤拿给老奶奶看,说是妻子让他来的。老奶奶态度立马温和起来,开始问起一些家长里短。

叶梅利扬一五一十地交代了自己的情况,包括他是如何娶亲、搬到城里居住,如何被国王召进宫做仆人,如何建了座崭新的大教堂、开了条能通船的河,以及现在国王要他去自己不知道的地方,拿自己不知道的东西回去。

老奶奶听后,停止了哭泣,开始自言自语:"看来时机到了。好吧,孩子,你坐下来吃点儿东西吧。"

叶梅利扬吃完后,老奶奶说:"你拿着这个线团,让它滚在前面,你自己跟在后面。你得走很远的路,一直走到海边。到了海边,你会看见一座大城市。你到城里去,在最边上的一户人家家里过夜,从那儿拿你要找的东西。"

"老奶奶,我从何得知什么是自己要找的东西呢?"

"你要是看见一件东西,它的声音比父母的声音还管用,那就是了。你带着它去国王那儿交差,国王肯定会说,这不是你应该拿回来的那东西。然后你就说,既然不是,那就将它敲碎。你敲碎了它将它扔进河里,那时候你就能带你妻子回家,而我的泪水也就干了。"

叶梅利扬和老奶奶告别,然后滚着线团走了。线团滚啊滚,领他到了海边。海边有座大城市,一座高房子矗立在城边。叶梅利扬请求房主让他在那儿过夜,主人同意了,于是他就在那儿睡了一宿。第二天早上醒来时,他听见这户人家的父亲已经起床,正在叫儿子起来去劈柴,可儿子并不想去。

"这会儿还早呢,来得及。"儿子说。

叶梅利扬又听到在灶炕上的母亲说道:"去吧,儿子,你父亲的骨头疼着呢。总不能让他亲自去吧?已经到点了。"

儿子吧嗒了下嘴唇,接着睡了。他刚进入梦乡,门外忽然响起一阵噼噼啪啪的声音。儿子跳起来，穿上衣服就朝街跑去。叶梅利扬也赶紧起来，跟在他后面跑了出去，想看看是什么在响，是什么声音比这孩子父母的话还管用。

叶梅利扬跑出门外，看见路上有一个人正在走路，他的腰间系着一个圆圆的玩意儿，那人拿着两根棍子敲着这玩意儿。它一发出响声，儿子就被这声音吸引。叶梅利扬走近观察，发现原来是个两头绷着皮革的小圆木桶。他问那人这是什么。

那人说："这是鼓。"

"它是空心的吗？"叶梅利扬问。

"是空心的。"那人答道。

叶梅利扬觉得这东西很新奇，便向那人讨要。那人不同意，叶梅利扬便没再坚持。他跟在那人身后走了一整天，趁那人躺下睡觉时，叶梅利扬抄起鼓就跑。他一直跑，跑进城里，跑回了家。他原以为能看到妻子，可妻子已不在家。原来，在他出门后的第二天，宫里的人就把妻子带走了。

叶梅利扬来到王宫，请求禀报国王，称那个去了不知道的地方，拿了不知道的东西的人回来了。国王一听，叫叶梅利扬回去，第二天再来。于是叶梅利扬请求再次禀告国王。

"我现在已经带着国王要的东西来了。还请他出来，否则我就硬闯了。"

国王出来见他了。

"你去哪儿了?"国王问。

"去了不知道的地方。"叶梅利扬说。

"不是那儿。"国王说,"那你把什么东西带来了?"

叶梅利扬刚想给国王看他带来的东西,可国王看都没看,就说:"不是这个。"

叶梅利扬说:"既然不是的话,我就把它敲碎,让它见鬼去。"

叶梅利扬出了宫殿后敲起鼓来。不料他这一敲,在叶梅利扬跟前集结了国王所有的军队,他们向他行礼,等待他发令。

国王朝窗外喊,想喊回自己的军队,不允许他们跟叶梅利扬走,可他们偏不听话,依然追随叶梅利扬。国王见状,不得不派人送回叶梅利扬的妻子,要求他交出空鼓。

叶梅利扬说:"不,我要敲碎它,然后扔进河里。"

叶梅利扬一边敲着鼓一边走到河边,全体士兵也跟在他后面。他在河边将鼓敲碎,再将碎片扔进河里,一瞬间,士兵们全都解散了,叶梅利扬也带着妻子回家了。

后来,国王再也没打扰他,他过上了平安幸福的日子。

鸡蛋大的麦粒

有一回,孩子们在山谷里找到了一个鸡蛋大的东西,它中间有一道凹痕,看起来就像一粒麦子。一个路人发现了此物,花了五个铜板从孩子手里将它买了下来,带进城后将它作为一件奇珍异宝卖给了国王。

国王召来智者,让他们分析这玩意儿到底是鸡蛋还是麦粒。智者们想啊想,谁也没法回答出国王的问题。这东西一直被放在窗台上,直到一只母鸡飞过来,啄了几下,把它啄出了一个洞,智者们才分辨出这是一颗麦粒。于是,智者们告诉国王这是一颗黑麦粒。

国王很惊讶,让智者们去研究,在什么时节、什么地方能长出这样的麦粒。智者们想啊想,翻遍了各种文献也无法得到答案。于是他们禀告国王:"我们无法解答。文献上没有记载,得去问问老农中有没有听说过这种麦子的。"

国王派人找来一个老农。这个老农面色发青,牙齿都掉光了,挂了两根拐杖才勉勉强强走进王宫。

国王让老农看看麦粒,老农早已不太能看得清东西了。他一边凭借着模糊的视力看着它,一边用手抚摸它。

国王问道:"老爷爷,您知道哪里长过这样的麦子吗?您自己种过吗?或者之前在什么地方买到过?"

老农耳聋,费了好大劲儿才听清,又费了好大劲儿才听懂,他答道:"没有,我自己没种过这样的麦子,也没收割过、没买到过。咱们那时买来的粮和现在的一样小。这得去问我父亲,没准他知道在哪里长出过这样的麦子。"

国王派人找来老农的父亲,他挂着一根拐杖来到王宫。国王让老人看了看麦粒,这老人的眼睛还能看得清。

国王问他:"老爷爷,您知道哪里长过这样的麦子吗?您自己种过吗?或者之前在什么地方买到过?"

老人的听力虽然也不好,却比他儿子的听力要好。

"没有,"他说,"我自己没种过这样的麦子,也没收过、没买过。咱们那时还没有钱币呢,人们都吃自家种的粮食,要是缺粮就互相借一借。我不晓得哪里长过这样的麦子。虽然咱们那时的麦子比现在的大,产量比现在的高，但是我还是第一次见到这么大的麦粒。这得问我父亲，我父亲说，他们当时的粮食比咱们的更好、更大，产量也更高。"

国王又派人找来这个老人的父亲，他来到国王跟前。老人没有拄拐，而且步伐轻快，耳聪目明，口齿清晰。国王让老人看看麦粒，老人看了后，又把麦粒放在手里翻了几下，说："这么古老的麦粒我已经很久没有见到了。"

他咬了口麦粒，嚼了几下，说："对，就是这种。"

"老爷爷，请告诉我，您知道哪里长过这样的麦子吗？您自己种过吗？或者之前在什么地方买到过？"

老人说："咱们当时遍地都是这种麦子，我家吃的就是这种，别人家吃的也是这种。"

国王追问道："老爷爷，请您再告诉我，这种麦子您是买来的，还是自己种的？"

老人笑了："咱们那时候，谁也不晓得粮食买卖这种事，也不晓得钱是什么玩意儿。人们的粮食都吃不完，我自家就种过这种麦子，自己把它们收割、脱粒。"

国王说："老爷爷，请您再告诉我，您当时在哪里种的这种粮食，您的农田在哪里？"

老人说："我们的地都是上帝赐予的。我在哪块地上耕种，哪块地就

归我。我们那时候，土地是谁的并不重要，我们只管是谁在地里辛勤地劳动。"

国王说："请您再回答我两个问题。第一，为什么以前地里能长出这么大的麦粒，可现在长不出了？第二，为什么您的儿孙都拄拐杖，而您却步伐轻快，耳聪目明，牙齿坚固，口齿清晰，平易近人？为什么会这样呢？"

老人答道："这都是因为现在的人们不自力更生，而去剥削别人的劳动成果所造成的。以前的人们可不是这样过日子的。以前，人们遵循上帝的旨意生活，只关心自己的东西，从不贪图别人的东西。"

伊利亚斯

很久以前,在乌法省住着一个名叫伊利亚斯的巴什基尔族人。伊利亚斯成家一年后,他的父亲去世了,给他留下了并不丰厚的产业。一开始伊利亚斯只有七匹母马、两头母牛、二十只绵羊,但他当家后便慢慢发迹起来。夫妻俩从早忙到晚,起早摸黑地工作着,一年比一年富裕。伊利亚斯就这样辛勤劳作了三十五年,积累了一大笔家产。

到后来,伊利亚斯有了两百匹马、一百五十头母牛、一千二百只绵羊。他的男雇工放牧,女雇工挤马奶和牛奶,制作马奶酒、奶油和奶酪。伊利亚斯家里无所不有,认识他们的人都羡慕他们。大家都说:"伊利亚斯可真幸运,家里应有尽有,日子简直太滋润了。"有财有势的人开始光顾他们家,有的甚至不远千里而来。伊利亚斯全都用好酒好菜招待他们,不管谁来,他都要用马奶酒、茶、鱼汤和羊肉来招待。一有客人来，他便要宰一两只羊，客人多的时候还要宰马。

伊利亚斯有两个儿子、一个女儿，孩子们都已成家。伊利亚斯家还没这么富裕的时候，两个儿子就已经跟着他一块儿放牧了。后来他们家富裕了，儿子们便开始放纵了，其中一个还酗（xù）酒。大儿子在斗殴中被人打死了，小儿子和一个自私傲慢的姑娘成亲后，开始忤（wǔ）逆父亲，于是父亲不得不和他分了家。

伊利亚斯分给了小儿子一间房屋和一些牲畜，他的家产便少了。在这之后不久，他家的羊群生了瘟疫，死了不少只羊。接着又遇到一年灾荒，草料没有收成，在那年冬天又死了不少牲畜。再后来，从吉尔吉斯来的强盗们抢走了他最好的一群马。伊利亚斯的家产日益减少，日子越过越差，自己的精力也大不如前。七十岁的时候，他变卖了皮袄、毛毯、马鞍、马车，后来把牲畜也统统卖完了，一瞬间就成了穷光蛋。八十岁时，他只得和妻子到外面打工来挣口饭吃。此时，伊利亚斯所有的财产仅有身上穿的衣服、一件皮袄、一顶帽子和一双套鞋。妻子莎姆·舍玛吉也已经老得不能再老了。分家的小儿子远走他乡，女儿也去世了，根本没人照顾二位老人。

住在隔壁的穆罕默德·沙赫可怜他们，他自己过得不算多好，但好歹可以生存，而且是个好人。他回想起当年热情好客的伊利亚斯，很可怜他的际遇，对他说："伊利亚斯，你和你妻子就住在我家吧。夏天你可以在瓜田里

帮我干点儿能干的活儿，冬天你就帮我喂牲口。你的老伴可以帮我挤马奶、做马奶酒。我会供你俩吃穿，你们可以尽管提自己的要求，我会满足你们的。"伊利亚斯谢过邻居，决定和妻子到邻居家做工。刚开始的时候他们觉得很辛苦，但后来就习惯了。两位老人被安顿下来后在这里干些自己力所能及的活儿。

这样的雇工对于主人来说是很合适的，因为两位老人原本就擅长做工，熟悉各种家务，尽心竭力，从不偷懒。只不过主人看到过去那么风光的人如今落得如此田地，不免觉得可惜。

有一回，主人家从大老远来了几个亲戚和教士。主人让伊利亚斯宰羊，伊利亚斯剥了羊皮，煮了羊肉，端去给客人吃。客人们吃过羊肉，品完茶后又喝起马奶酒来。客人们和主人坐在地毯上，背靠毛绒垫子，一边畅饮一边聊天。伊利亚斯干完活儿后，走过门口。主人见了，对其中一个客人说道："刚刚从门口走过一个老爷子，你看见了吗？"

"看见了，"客人说，"他有什么特别的吗？"

"他原来是咱们这儿的首富，叫伊利亚斯，你应该听过吧？"主人说道。

"当然听过了！"客人说，"虽然素未谋面，但他的名声远近皆知。"

"现在他穷得什么都没有了，还在我这儿打工。他的老伴在我这儿挤马奶。"

客人十分惊讶，摇首咋舌，说："是啊，风水轮流转，命运能把一个人捧到天上，也能把那个人摔倒在地。这么看来，老爷子心里挺不好受的吧？"

"我哪知道，他一声不响的，活儿倒是干得很好。"

客人说："我能和他说说话吗？问问他过得怎么样。"

"当然了。"主人说完，朝门外喊道："老爷子，您过来坐下喝点儿马奶酒吧，把您老伴也叫过来。"

伊利亚斯和老伴一块儿来了。他先向客人们和主人问好，祈祷了一会儿，接着跪在桌子边上。他的老伴则和女主人一起坐在帘子后面。

他们给伊利亚斯端了碗马奶酒，向客人们和主人说了祝酒词，行了礼，喝了一小口，然后把碗放下。

"老爷爷，"一位客人说道，"您看着我们大吃大喝，会想到自己过去富裕的生活，心里并不好受吧？之前的好生活你是如何享受的，如今的苦日子又是怎么熬的呀？"

伊利亚斯笑了，说道："你可能信不过出自我口中的幸福和苦难。你还是问问我老伴吧，女人是心口如一的，她会把真心话都告诉你的。"

客人便对帘子后的人说道："老奶奶，您说说看，您是如何看待过去的幸福和如今的苦难的？"

老太太的声音从帘子后传来："我和我老头儿一块儿过了五十年，不停

地找寻幸福，但都没找到。一年多以前，咱俩一穷二白，来主人家打工，却找到了真正的幸福，咱们也不需要去找别的什么幸福了。"

客人和主人们都很疑惑，他们弯起腰，把帘子掀开，想看看老太太。老太太双手合十，微笑地站着，她望着老头儿，老头朝她微笑。

老太太又说："我没开玩笑，我说的都是实话。我俩找了五十年的幸福，有钱的时候总是找不到，如今一穷二白了，寄人篱下，反倒找到了最好的幸福。"

"那什么是你们现在的幸福呢？"

"咱家发达的时候，我和我老伴没有片刻安宁，甚至没能彼此说说心里话，或单独思考人生，连向上帝祷告的时间都没有。一天操不完的心！客人要来，我俩要商量用什么招待客人，送他们什么礼物才能不让人家见怪。客人走了，我俩还要检查雇工有没有趁机偷懒，偷吃好吃的。我俩得看看有没有丢东西，这种想法可真是罪过啊！我俩还要担心狼会来咬马驹和牛犊，贼会偷走马群。我俩躺在床上也睡不着，唯恐母羊把羊羔压死，半夜还要起床查看。刚安下心，又要保证过冬的饲料充足。这还不够，我和老伴经常意见不合，他觉得要这么做，而我觉得要那么做，然后就争吵起来，真是罪过。我俩就这样操心这操心那，在各种罪过下，没过上一天快活的日子。"

"那现在怎么样呢？"

"现在，我俩每天早上起来都说情话，和和睦睦，没有可以争吵、可以操心的事儿,心里只想着怎么为主人做事。咱们尽己所能,心甘情愿地干活儿,不让主人吃一点儿亏。咱们干完活儿回来就有饭吃,有马奶酒喝。天气冷了,就烧干粪、穿皮袄。我俩也有时间说说心里话、思考人生、向上帝祷告。我俩寻找了五十年的幸福,如今才刚刚找到。"

客人哈哈大笑。

伊利亚斯说道:"兄弟们,别见笑,这不是玩笑,这是生活啊。我俩以前多愚蠢啊,因为损失财产而哭泣。如今上帝让我俩明白了真理,我们说出来可不是自我宽慰,而是为了你们好。"

教士说:"说得好,伊利亚斯说的句句属实,和经书上写的一模一样。"

客人们停止了大笑,沉思起来。

廉明的法官

阿尔及利亚国王巴乌阿卡斯,听说有座城里住着一位廉明的法官,他能迅速地断案,从未有任何一个坏人从他这里漏网。国王决定亲自去见识一番,于是乔装打扮成一个商人,骑马去了那位法官所在的城市。

在那座城市的门口,一个残疾人向他乞讨。巴乌阿卡斯给了他钱后,正想继续前行,却被残疾人扯住衣服不放。

"你要干什么?"巴乌阿卡斯问道,"我不是已经施舍钱给你了吗?"

"你是给过钱了,"残疾人说,"但请再为我做件善事吧。用你的马载我到广场去,不然,我会被来来往往的马和骆驼踩死的。"

于是,巴乌阿卡斯让残疾人上马,坐在自己身后,载着他去了广场。到了广场后,巴乌阿卡斯让马停下来,但乞丐还是不肯下马。

巴乌阿卡斯说:"你怎么还坐着?下去吧,我们到了。"

可乞丐说:"我为什么要下去?这是我的马,你如果不把马还给我,那咱们就在法官那儿见。"

人们围观着他们争吵,都说:"去找法官吧,他能明辨是非。"

巴乌阿卡斯和残疾人去了法庭。法庭上有不少人,法官正在按顺序传讯打官司的人。法官正在审问的是一位学者和一个农夫,他们是为了争老婆来法官这儿的。农夫和学者都说这女人是自己的妻子。法官听完两人的陈述,沉默了片刻,说:"这女人留下,你俩明天再来。"

接下来打官司的是一个屠夫和一个油贩子。屠夫全身上下是血,而油贩子满身是油。屠夫把钱攥在手里,而油贩子又拽着屠夫的手不放。屠夫说道:"我从这人那儿买了油,正要掏钱包付钱呢,他就抓住我的手,想抢走我的钱,于是我俩就来找你了。钱包在我手里,他拉着我的手,不过,这钱是我的,他是抢劫的。"

而油贩子说道:"一派胡言。屠夫买我的油,我给他盛了一罐油后,他给了我一枚金币,让我兑成零钱。我刚把钱放在铺子上,他就拿起钱和金币准备跑。我一把抓住了他,将他带到了这儿来。"

法官思考了一会儿,说:"你们把钱留下,然后明天再来。"

法官审问巴乌阿卡斯和残疾人的时候,巴乌阿卡斯讲述了事件的经过。法官听后问乞丐,乞丐说道:"他在撒谎。我骑马经过城里,他坐在地上,

要我带走他。我让他上马，载他到了目的地，但他却不肯下马，还说这马是他的。"

法官思考了一会儿，说："把马留在我这儿，你们明天再来。"

第二天，很多人都来围观法官断案。

首先是学者和农夫出庭。

"带你妻子回家吧。"法官对学者说，"打这个农夫五十大棍。"

学者把女人带走了，农夫当众接受惩罚。

然后是屠夫和油贩子出庭。

"这钱是你的。"法官对屠夫说，接着他用手指着油贩子，说："打他五十大棍。"

最后出庭的是巴乌阿卡斯和残疾人。

法官面向巴乌阿卡斯问道："你可以从二十匹马中找出自己的马吗？"

"可以。"

"那你呢？"法官问残疾人。

"我也可以。"残疾人答道。

"你随我来。"法官对巴乌阿卡斯说。

法官领巴乌阿卡斯来马厩（jiù），巴乌阿卡斯立刻从二十匹马中找出了自己的马。然后，法官又让残疾人来马厩认马，残疾人也找出了那匹马。接着，法官来到庭上，对巴乌阿卡斯说道："这马是你的，你把它牵走吧。打残疾人五十大棍。"

审判结束后，法官往家的方向走，巴乌阿卡斯在后面跟着他。

"怎么？你对审判结果不满意吗？"法官问。

"不，我非常满意。" 巴乌阿卡斯说，"我只是好奇，你是怎么知道，那女人是学者的妻子，而不是农夫的；钱是屠夫的，而不是油贩子的；马是我的，而不是残疾人的？"

"我是这么判断那个女人到底是谁妻子的：早上我让她给我灌瓶墨水。她把墨水瓶拿起来，非常娴熟地洗干净了，又利索地灌了一整瓶墨水。很明显，她经常做这事儿。她要是农夫的妻子，就不会干这个。所以，学者说的是真话。我是这么判断钱到底是谁的：我把钞票放在一碗水里，今天早上看水面上是否有油层。如果这是油贩子的钱，那么它就会被他油乎乎的手弄脏。但事实是，水面上并没浮起油层，因此，屠夫的话是真的。判断马要难一些。残疾人和你都从二十匹马中很快找出了马。但我带你们去马厩，并不是为了看你们能否找出那匹马，而是为了看马认得谁。当你走到马跟前时，它转过头探向

你,表现出开心;而它被残疾人抚摸时,将两只耳朵紧贴,并抬起一条腿,表现出拒绝。因此我得出结论,那匹马是你的。"

就在这时,巴乌阿卡斯说道:"我不是商人,我是国王巴乌阿卡斯。我来这里是想验证关于你的传闻是否属实。如今我明白了,你是个智慧廉明的法官。告诉我你想要什么,我要好好赏赐你。"

法官答道:"我不要什么赏赐。能获得陛下的赏识,我已荣幸之至。"

上帝看到了真相，但没有轻易说出来

很久以前，在弗拉基米尔城里住着一个年轻的商人，他名叫伊万·德米特里耶维奇·阿克肖诺夫，他拥有两家店铺和一栋房子。

阿克肖诺夫长相帅气，留着一头淡褐色的卷发，是个乐天派的歌手。从年少时起，他就喜欢酗酒，每次醉酒后他都会闹事。不过，成家后的他戒了酒，只是偶尔会喝一两杯。

一年夏天，阿克肖诺夫要到位于伏尔加河上游的尼日尼城做买卖。当他和家里人告别时，妻子说："伊万·德米特里耶维奇，你今天别出门了，我做了一个和你有关的噩梦。"

阿克肖诺夫笑道："你是担心我到集市上会敞开了喝酒吧？"

妻子说道："我也不知道自己在担心什么，但那个梦太可怕了。我梦见你从城里回来，摘下帽子后的你头发全都白了。"

阿克肖诺夫大声笑起来："这意味着我肯定会赚钱。你看着，等我赚了钱之后，肯定会给你买贵重的礼物。"

于是，他和家人告别后便出门了。半路上，他遇见了一个商人朋友，便和他一起住店，并且喝了很多茶，晚上他俩分别在相邻的两个房间里休息。阿克肖诺夫不习惯久睡，天还没亮他就醒了。他想在早晨凉快的时候出发，于是让车夫去套车，把住宿的钱付给店主后，便上路了。

马车驶出了大约四十俄里时，他停车下来喂马，又在一家车马店的大厅里歇了一会儿。午饭时，他坐在台阶上让人烧茶，自己还拨弄了两下吉他。

就在这时，一辆响着铃铛声、由三匹马拉着的车子驶进了院子里，一名官员和两名士兵跳下车。他们在阿克肖诺夫面前停下，问他是干什么的，来自哪里。阿克肖诺夫一五一十地回答了他们的问题，并且邀请他们一起喝茶。

但那位官员却不罢休，继续问他一系列问题："你昨晚在哪里睡觉？是独自一人还是和一个商人一起？清早你见过那个商人吗？为什么那么早就上路？"

阿克肖诺夫不知道他问这些问题的原因。但还是如实说了，然后他问道："你们为什么要盘问我？我又不是小偷或者强盗，我出门是为了干自己的事儿，有什么好问的。"

这时，那名官员喊来那两名士兵，说道："我是县警察局局长，我这么问你是因为有人杀了昨天和你一块儿住店的那个商人。你把行李拿出来！你俩去搜查！"

警察局长和士兵进屋搜查阿克肖诺夫的箱子和袋子。

突然，警察局长从袋子里取出一把刀，他喊道："这是谁的刀？"

阿克肖诺夫看到有一把带血的刀在他的袋子里，惊呆了："为什么这刀上会有血迹？"

阿克肖诺夫想回答警察局长的问题，但是他吓得连一句完整的话也说不出来。

"我……我不晓得……我……刀子……我……不是我的……"

警察局长说道："今天一大早，那个商人被人发现死在了床上。除了你，没有人能干得了这事儿。屋门是反锁的，屋里除了你以外没有别人。现在，又在你的袋子里找到了一把带血的刀，从你的脸色看，也知道人是你杀的。你如实招来，你是怎么把他杀死的，又抢了他多少钱？"

阿克肖诺夫对上帝发誓，这事儿不是他干的，他和商人喝完茶后就再没见面，身上的八千卢布是他自己的钱，刀子也不是他的。但是他讲起话来十分混乱，脸色惨白，浑身打战，像是真的干了坏事一样。

警察局长叫来士兵给阿克肖诺夫戴上脚镣，把他押上了马车。阿克肖诺夫被带走时，他在胸前画了个十字，潸（shān）然泪下。他的财物被没收了，而他则被扭送进了县监狱。警察还派人到弗拉基米尔城去打探阿克肖诺夫的为人，当地的商人和老百姓都说，阿克肖诺夫小时候就喜欢吃喝玩乐，不过人倒不错。开庭审判时，他被认定杀死了一个俄国梁赞地区的商人，并偷盗了两万卢布。

妻子得知丈夫出事后，悲恸欲绝，却又无能为力。孩子们都还小，有一个甚至还在吃奶。她带着孩子们到关押她丈夫的监狱里探监。一开始监狱不允许她见丈夫，但她一直央求着，才总算见上了一面。她看见丈夫身穿囚服，戴着镣铐，和强盗们关在同一间牢房里，悲痛得晕倒在地，久久未能醒来。后来，她把孩子们叫来围在自己身边，和丈夫坐在一起，讲述了如今家中的情况，又询问了丈夫事情的经过。

丈夫将事情一五一十地告诉了她,她问:"那现在该怎么办呢?"

丈夫说:"得向皇帝说情。可不能冤枉无辜啊!"

妻子说她已经向皇帝交了一份呈文,但是被退回来了。内心的失望使得阿克肖诺夫沉默了。这时,妻子说:"难怪我当时梦见你头发都白了。如今你真的愁得白了头发,要是你那天不进城,就不会发生这种事了。"

她摸着丈夫的头继续说:"我亲爱的万尼亚,你对我实话实说,这事真的是你干的吗?"

阿克肖诺夫说:"连你也不相信我!"

说罢,他捂着脸哭了起来。一名士兵过来告诉妻子和孩子们探视时间到了。这是阿克肖诺夫最后一次和家人们告别。

妻子走后,阿克肖诺夫思考着他们说的话。想到连妻子也怀疑他,问他是不是杀了商人,他喃喃自语道:"这么看来,除了上帝以外,没有人能知道事情的真相了,我得祈求上帝的恩典。"从那以后,阿克肖诺夫便放弃了上诉,不再抱有希望,只是每天向上帝祷告。

阿克肖诺夫被处以鞭刑和流放,判决就这样执行了。

他挨了鞭刑,等他的伤好后便和其他的苦役犯一起被送去了西伯利亚劳动改造。

阿克肖诺夫在西伯利亚服了二十六

年苦役。他的头发已经白如雪，下巴上长满了又尖又长的白胡子。他已经不是以前那个爱说笑的人了。他弯着腰，不声不响，寡言少语，面无笑容，只是时常向上帝祷告。

阿克肖诺夫在监狱里学会了缝靴子的技能，他用缝靴子赚来的钱买了本书，监狱还未熄灯的时候，他会坐在监狱里看书。每到节日，他都会去狱中教堂做礼拜、读《使徒行传》，在唱诗班里唱诗，他有着优美的嗓音。狱中的官员们喜欢阿克肖诺夫的谦卑，他也受到了囚犯们的尊敬，大家都喊他"老大爷"或者"上帝使者"。大伙儿要是对监狱有什么要求，都会让阿克肖诺夫向狱官去提。囚犯间有矛盾的时候，大家也都会去找阿克肖诺夫调解。

几十年来，阿克肖诺夫一直没有收到家中的来信，他不知道妻儿是否还活着。

一天，监狱里来了一批新犯人。这天晚上，老犯人围着新犯人盘问：从哪个城市或者哪个村子来？犯了什么事？阿克肖诺夫也坐在新犯人对面的长凳上，低头听他们交谈。有一个高个子、身材壮实、六十多岁的新犯人，他留着修剪过的白胡子。当他讲述自己的被捕经历时，他说道："兄弟们，我是无缘无故被押到这儿来的。我只是从雪橇上把车夫的马解下来而已，他们就咬定我是偷马贼，我就这样被他们抓了起来。我说我把马解下来只是想早点到达目的地，再说了，我和那个车夫还是朋友。我说得不对吗？可他们非

说是我偷马了,连他们自己也说不出来如何判定我偷马的。我之前倒是犯过事儿,该把我押来的时候没把我押来,这次本不该把我押来的。嘀,我瞎说的呢,我之前来过西伯利亚,不过没待多久……"

"你来自哪儿?"一个囚犯问。

"我来自弗拉基米尔城,是当地的小市民,名叫马卡尔,父称①是谢苗诺维奇。"

阿克肖诺夫把头抬起,问道:"马卡尔·谢苗诺维奇,你知不知道弗拉

---

① 俄罗斯人名由姓、名和父称三部分组成。亲密的人之间通常只以名相称,用名字和父称称呼一个人,表示尊重,在特别庄重的场合才用名+父称+姓称呼。

基米尔城商人阿克肖诺夫一家呀？他们一家人还活着吗？"

"当然听过了！他们一家是富商，听说那家的老爷子也在西伯利亚服苦役，他估计和咱们一样犯了事儿。老头儿，你自己又是犯了什么事儿呀？"

阿克肖诺夫不喜欢讲自己的不幸，他叹了口气："我已经为自己的罪行服苦役二十六年了。"

马卡尔·谢苗诺维奇问道："到底是犯了什么事儿啊？"

阿克肖诺夫说："我是罪有应得。"他不想继续说了，其他囚犯就对马卡尔·谢苗诺维奇讲了阿克肖诺夫流放至此的原因。他们说，半路上一个商人被杀了，凶手把刀塞进了阿克肖诺夫的袋子里，他就被判了刑。

马卡尔·谢苗诺维奇听完后，惊讶地仔细打量了下阿克肖诺夫，接着用手拍了拍膝盖，说："真巧啊！老爷子，你都已经这么老了啊！"

大家开始问他惊讶什么，是不是之前在哪里见过阿克肖诺夫，但他只说："兄弟们，没想到咱们在这儿遇上了，真巧啊！"

阿克肖诺夫听了马卡尔·谢苗诺维奇说的话，觉得这个新犯人说不定晓得谁是杀死商人的凶手，便问道："马卡尔·谢苗诺维奇，你以前是不是听说过这事儿，还是说你之前见过我？"

"当然听过了！这事儿人尽皆知。不过这事儿已经过去很久了，就算听说过，我也忘了。"马卡尔·谢苗诺维奇说道。

"那么你听说过谁是杀死那个商人的凶手吗？"阿克肖诺夫问。

马卡尔·谢苗诺维奇笑着说道:"这不明摆的嘛,刀子是从谁的袋子里找到的,人就是被谁杀的。就算真的有人塞刀给你,嫁祸你,只要没抓到就不是凶手。况且别人怎么能往你的袋里塞刀子呢?你不是把袋子一直放在枕头边上吗?你应该会听见动静的呀。"

阿克肖诺夫听完这番话,马上明白了,凶手正是眼前这个人,他从长凳上站起来后走开了。这天晚上,他无法入睡,十分苦恼,他回想起妻子最后一次送他出门赶集时的样子,她的容貌浮现在他眼前。接着孩子们又出现在他的脑海里,他们还和以前一样小小的,一个身穿皮袄,一个躺在怀里。他还想起了以前年轻时快活的自己,被捕前的一刻他还在大车店的台阶上弹着吉他,心情愉快。随后他又想起自己受鞭刑的高台、行刑的人、围观的群众、镣铐、囚犯、二十六年的苦役生活,以及自己悲惨的晚年。他十分烦闷,恨不得一死百了。

"都是那个浑蛋害的!"阿克肖诺夫想。

他非常憎恨马卡尔·谢苗诺维奇,他要不惜一切地实施报复。他读了一晚的祷词,但是怎么也静不下心来。第二天他没去找马卡尔·谢苗诺维奇,他连一眼都不想看到那个凶手。

就这样两个星期过去了。阿克肖诺夫每天都睡不着觉,烦闷得不知道怎么办才好。

一天晚上,当他在牢房里走动时,发现从板床下面撒出一把泥土。他停

下脚步观察，突然，马卡尔·谢苗诺维奇从板床底下钻了出来，他惊恐地看着阿克肖诺夫。

阿克肖诺夫想离开并装作没看到这一幕，但马卡尔·谢苗诺维奇拽住阿克肖诺夫的手，说自己正在墙脚下挖地道，趁每天外出上工的时候，用长筒靴装着泥土带出去。马卡尔·谢苗诺维奇又说道："老头儿，我可以把你也带出去，不过你得保守秘密。你要是去告密，让我挨鞭子的话，那我可不会放过你，我会杀了你。"

阿克肖诺夫看着仇人，此时，他因憎恨而浑身发抖，他把自己的手抽出来，说："我没必要逃走，你也没必要再杀我一次，我早就被你杀死了。至于我会不会去告密，那就看上帝的旨意吧。"

第二天，当囚犯上工时，狱警们发现马卡尔·谢苗诺维奇在偷偷扔土，他们便去搜查了牢房，发现了那个地洞。

监狱长前来审问犯人们这是谁挖的洞，大伙儿都说不知情。就算有知情的人，也没有人去揭发马卡尔·谢苗诺维奇，因为他们明白，他准会因为这事儿被鞭子抽到半死。

于是，监狱长问阿克肖诺夫，因为他知道阿克肖诺夫为人正派。他问道："老爷子，你是个正直的人，请你当着上帝的面回答我，这到底是谁做的？"

马卡尔·谢苗诺维奇站在一旁，满不在乎地看着监狱长，他没有去看阿

克肖诺夫。

阿克肖诺夫的双手和嘴唇在颤动,沉默了许久。他心想:"我要包庇他吗?可我为什么要放过他呢?他把我的一生都毁了,他该为我受的苦付出代价了。如果我揭发他,他肯定少不了一顿鞭打。可万一他不是凶手,那结果会怎样?就算我没有错怪他,难道他挨一顿鞭打,我心里就会舒坦些吗?"

监狱长又问:"老爷子,你就如实说了吧,这到底是谁挖的洞?"

阿克肖诺夫看向马卡尔·谢苗诺维奇,回答道:"我没看到,也不知道是谁挖的。"

狱警们最终也没能查出来挖洞的人是谁。

第二天晚上,当阿克肖诺夫在板床上睡觉时,他忽然听到有人慢慢走近，在床的另一头坐了下来。他睁开眼一看，在黑暗中认出了马卡尔·谢苗诺维奇。

阿克肖诺夫说："你来这里做什么？你还想要我怎么样？"

马卡尔·谢苗诺维奇沉默着，阿克肖诺夫从床上支起身子，说："你想做什么？快走吧！否则我叫狱警来了。"

马卡尔·谢苗诺维奇朝阿克肖诺夫弯下腰，低声说道："伊万·德米特里耶维奇·阿克肖诺夫，请你宽恕我吧！"

阿克肖诺夫说："我要宽恕你什么呀？"

"我就是杀死那个商人的凶手，然后嫁祸于你的。我当时原本是想将你一并杀了，但我听到门外有动静，所以我就在你的袋子里放了我杀人用的刀，翻窗逃走了。"马卡尔·谢苗诺维奇带着悔恨说道。

阿克肖诺夫一言不发，不知道自己该说什么。

马卡尔·谢苗诺维奇从板床滑到地上，磕着头说："伊万·德米特里耶维奇·阿克肖诺夫，请你宽恕我吧，看在上帝的分上，请你宽恕我吧。我会去自首，说我是杀了商人的凶手，你会被赦免，就能回家了。"

阿克肖诺夫说道："你说得容易，可我遭了多少罪啊！我现在能去哪儿啊？我的妻子去世了，孩子们都已不记得我，我现在无家可归了……"

马卡尔·谢苗诺维奇继续磕着头说："伊万·德米特里耶维奇·阿克肖诺夫，请你宽恕我吧！我就算被鞭子抽，也比现在面对你心里好受……

你还怜悯我,没揭发我。请你宽恕我吧,看在上帝的分上!宽恕我这个罪该万死的浑蛋吧!"他号啕大哭起来。

阿克肖诺夫听到马卡尔·谢苗诺维奇的哭声,自己也哭了出来,他说:"上帝会宽恕你的,也许,你比我勇敢一百倍!"瞬间,他觉得心里舒坦了不少,他不再想回家,也不想离开监狱了,他现在想到的只有生命的尽头。

马卡尔·谢苗诺维奇最终没有听从阿克肖诺夫的话,还是去自首了。而当阿克肖诺夫被准许回乡的时候,他已经在监狱中去世了。